# Calme-toi, Lison

DU MÊME AUTEUR

*Chez le même éditeur*

LE JARDIN BOTANIQUE, 1988
LE SINGE MENDIANT, 1991
L'ÎLE DES MORTS, 1994
LA VRAIE NATURE DES OMBRES, 2000
GLOIRE DES FORMES, 2005
RUE DU REGARD, 2012

*Les autres livres de Jean Frémon sont répertoriés en fin de volume.*

Jean Frémon

# Calme-toi, Lison

*P.O.L*
33, rue Saint-André-des-Arts, Paris 6e

ISBN : 978-2-8180-3824-6
www.pol-editeur.com

Tu as fermé tous les volets, ouvert toutes les fenêtres et toutes les portes dans l'espoir d'un courant d'air. En vain. Pas un souffle. La ville est comme en léthargie. Sonnée par la canicule. Dans les beaux quartiers, de nos jours, on a l'air conditionné. Vous dites canicule ? On appuie sur un bouton et l'affaire est réglée. Mais chez toi, c'est le bon vieux temps, on s'arrange comme on peut. Tu as remué ciel et terre dans le grenier pour dégotter un vieux ventilateur que tu savais être là depuis des années. Pensez, il vient de Choisy, tu l'as fait venir avec le reste à la mort de Père, d'ailleurs tu as tout pris, tout ce qui restait, tout ce dont les autres ne voulaient pas, frères, sœurs, cousins, neveux et nièces, choisissez, prenez ce que vous voulez, moi j'emporte le reste. Ils ont pris les meubles, les tapis, les pendules, tout ce qui pouvait encore servir, et toi les reliques, les souvenirs, les bibelots, les photos, les gros albums aux pages cartonnées avec papier cristal intercalaire où les photos de famille étaient soigneusement collées et légendées de la belle écriture cursive à la plume que Mère avait apprise à l'école communale, les boîtes en carton pleines de photographies en vrac et de négatifs, figures connues, reconnues, inconnues, passées, effacées, ceux dont le visage vous dit encore quelque chose mais dont on ne retrouve pas le nom, tous perdus de vue, perdus de vie, les pellicules non développées, les 78 tours, Tino Rossi, Jean Sablon, *Vous qui passez sans me voir*… les bobines de films, Charlot, Buster Keaton, nous-mêmes en voyage, en vacances, le dimanche, à Luchon, au Cannet, la collection de galets de Père et les robes que Mère faisait faire chez Poiret, les livres de comptes, les correspondances, les vieilles nippes, les torchons, les mouchoirs brodés aux initiales de chacun, les caracos de dentelle, les napperons, les rideaux, les boutons, les flacons de parfum à moitié vides, les foulards, les châles, les fourrures, tout ce qui restait de tapisseries, y compris les chutes et les bribes à moitié mangées par les mites, les chapeaux, les pipes, les cannes… et le ventilateur. Faire traverser l'océan à toutes ces vieilleries hors d'usage, un vrai flea market, quelle idée ! Eh bien c'est comme ça ! Manière de se sentir moins seule.

Évidemment le ventilateur ne marchait pas. Tu as mis une bonne heure à le décrasser à l'alcool. Tu revois ton père en gilet dans le salon de Choisy, par les grandes chaleurs, ayant déboutonné son col dur et fumant son cigare sous la brise ronflante de cette hélice électrique, déclarant de son air immuablement satisfait : « Rien ne vaut, mon cher Lucien, pour vous rafraîchir, la palme d'un esclavon. » Tu n'as jamais su qui était Lucien. Un

Maurice
Jacques

interlocuteur imaginaire. Une manière de nous ignorer, de nous rabaisser, quels que fussent nos efforts pour briller à ses yeux, pour simplement exister, nous n'étions même pas à la hauteur de Lucien ! Tu haïssais Lucien, tu faisais des prières pour la mort de Lucien, tu lançais des sorts à Lucien, tu plantais des aiguilles dans une petite poupée baptisée Lucien que tu avais taillée toi-même dans un bout de bois, un dimanche, dans l'atelier de restauration des tapisseries, quand tous les ouvriers étaient partis. Tu ne savais pas non plus ce qu'était un esclavon mais tu ne te posais pas la question. Ce ne pouvait être qu'un petit esclave, un petit nègre en pantalons bouffants, babouches et turban, spécialement importé de sa brousse natale afin de se voir confier l'honneur insigne d'agiter avec lenteur et régularité un éventail de plumes d'autruche au-dessus d'une reine d'Égypte négligemment alanguie. Tu aimais le mot et tu aimais la chose, et reine d'Égypte te convenait assez bien. Tu as aussitôt décrété que Maurice et Jacques seraient tes esclavons personnels exclusivement affectés à ton service. Tout à leur zèle de se faire admettre dans leur nouvelle famille, ils ont joué le jeu au-delà de l'imaginable. Chaque matin, tu distribuais tes instructions pour la journée, ce qu'ils auraient le droit de faire et de ne pas faire, les corvées et les gratifications. Tu rudoyais tes esclavons, les traitais plus bas que terre, tu les faisais atteler par des ficelles à une sorte de petit fiacre fait pour être tiré par un poney ou bien plutôt par une chèvre, dans lequel tu prenais place et vous partiez ainsi pour d'infinis tours de jardin, non sans qu'ils fussent copieusement fouettés d'une ficelle nouée à un tuteur de bambou dérobé au potager. En chemin, tu ravivais leur ardeur à coups d'invectives. Tu réquisitionnais leur part de dessert que tu ne leur rétrocédais que si tu avais été satisfaite de leurs services ou en échange de folles promesses, tu exigeais qu'ils se montrassent réservés et taciturnes devant tes parents afin de ne pas attirer leur attention ni susciter leur affection. Tu ne manquais pas une occasion de leur rappeler que nous ne les hébergions que par grandeur d'âme, qu'ils n'étaient que deux petits orphelins, deux enfants abandonnés, deux petits pauvres, deux intrus. Tu avais entendu tes parents parler de « recueillir ces deux pauvres petits », ce que tu avais immédiatement traduit par *ces deux petits pauvres*. Tu leur ressassais qu'ils avaient bien de la chance que nous nous fussions trouvés là, toi, leur cousine, ton frère et ta sœur, leurs cousins également, disais-tu, ainsi que Père et Mère, quand oncle Désiré, leur père, cette tête brûlée, n'avait rien trouvé de mieux que de se faire tuer en pantalon garance dans la première semaine de la Grande Guerre. Quand leur mère, cette pauvre Madeleine, on ne l'appelait plus jamais autrement que *cette pauvre Madeleine*, effondrée de douleur, s'était réfugiée dans le mutisme et la prostration dont elle ne sortit plus.

Nous allions la voir, une fois la semaine, à Châtillon, une grande maison blanche au fond d'un parc. Là même où ton frère Pierre a fini ses jours. Les infirmières et infirmiers étaient en blouse blanche, les pensionnaires en blouse grise. Il y régnait une atmosphère de sépulcre. De temps à autre, des cris désordonnés rompaient le silence. Puis les visites se sont espacées, Père disait que Madeleine ne reconnaissait plus ses enfants, qu'elle était dans son monde à elle, qu'il valait mieux ne pas la troubler.

Bon, est-ce qu'il va marcher maintenant, ce ventilateur? Tu aurais mieux fait d'aller en acheter un neuf au supermarché, quoique par ce temps on puisse parier qu'il n'y a plus un seul ventilateur digne de ce nom dans tout l'État de New York. En fait Père avait une véritable passion pour Désiré. C'était son meilleur ami. *Avoir un bon copain, c'est ce qu'il y a de meilleur au mon-on-on-de, oui car un bon copain, c'est plus fidèle qu'une blon-on-on-de.* Tu as toujours pensé que Lucien était Désiré, le fantôme de Désiré, un avatar de Désiré. Une façon pour Père de continuer le dialogue, sur un mode léger, avec ce frère qui lui manquait. Désiré avait trois ans de plus que Père, mais curieusement, c'était lui l'enfant, Père se sentait responsable de lui comme l'aîné d'un cadet. Sur cette photographie jaunie, on les voit tous les deux ensemble, elle doit dater de début 14, Désiré est militaire, ou peut-être seulement conscrit, sur le départ, la fleur au fusil, ils viennent de fêter ça. Ils sont assis côte à côte sur le banc d'une charrette attelée. Père a une rose blanche à la boutonnière, il a passé son bras autour de l'épaule de Désiré, sa tête est inclinée tendrement vers celle de son frère, leurs tempes se touchent. *Unis, main dans la main…* Touchant en effet. Toujours un rien théâtral, cher Père, dans la pose, portant beau.

Il a encore fallu changer cette prise pourrie qu'on ne peut même pas brancher ici sans un adaptateur. Les branches de la partie mâle, les deux petits phallus de la prise, sont cylindriques chez vous, aplatis chez nous, il faut un adaptateur. Il faut même deux adaptateurs. Un adaptateur de l'un vers l'autre et un adaptateur de l'autre vers l'un. Or les adaptateurs de prises font partie de cette catégorie horripilante de choses que l'on perd tout le temps et que l'on oublie immanquablement en faisant ses bagages. Il faudrait ajouter une catégorie à l'Encyclopédie chinoise de Borges : les choses que l'on perd tout le temps. Vous avez remarqué que je dis *chez nous* pour *ici* et *chez vous* pour *là-bas*, bien que là-bas fût chez moi et ici pas, mais ça tend à s'inverser à force, c'est comme ça l'exil, ça sépare. Séparée de là-bas et séparée d'ici. Séparée de tout. Conseil aux exilés, aux transfuges, aux expats : munissez-vous toujours d'un adaptateur de prises électriques. Tu as dû prendre une prise à la lampe de chevet de la chambre de Robert où plus personne n'entre depuis des années de toute façon, dénuder le fil du ventilateur de Choisy et y adapter la prise de la lampe de Robert qui n'a plus désormais à éclairer de lectures nocturnes. Robert, liseur de nuit. Quand dormait-il ? Peut-être dormait-il en lisant. Tu aimais le savoir lisant, toi dormant, ne dormant pas. Nous laissions ouvertes les portes de nos chambres. La lampe de son chevet, le bruit des pages tournées, sa présence calme qui t'eussent dérangée s'il avait été à ton côté, t'apaisaient. Lumière d'enfance, comme laissée par une mère, Robert était une mère. Longtemps encore après sa mort, ton premier geste en montant te coucher était d'allumer la lampe de son chevet, cette présence dans la chambre voisine… l'idée de l'amputer maintenant de sa prise ne te plaît guère. Amputation provisoire, tu aimes réparer, rafistoler, recoller les morceaux, tu rends toujours ce que tu as pris.

Et voilà les deux petits phallus plats de Robert sur la prise du ventilateur de papa. Bonjour Sigmund ! Enfin il marche, ce ventilateur. *Mon Dieu quel bonheur, mon Dieu quel bonheur, d'avoir un mari bricoleur.* Il s'ébroue dans un horrible bruit de quincaillerie et déplace vaguement un peu d'air chaud. Cela s'appelle marcher. Que faites-vous dans la vie ? Rien ! Du vent, et j'en suis satisfait ! Je suis ventilateur, ne vous déplaise, je déplace vaguement l'air chaud, c'est tout. – Et comment faites-vous pour en arriver là ? – Ma spirale a cette vertu, figurez-vous, elle propulse. – Elle propulse, voyez-vous ça ! – Parfaitement, comme les avions, vous savez, les avions qui vont à Paris, ah ils n'ont plus d'hélices maintenant, naturellement je le sais, je ne suis pas encore complètement sénile, je parlais des avions d'autrefois. C'était une équipée. Tu aimes les hélices, les spirales, c'est une forme pure, tu aimes les formes pures.

Quand Brancusi est venu ici, au début des années vingt, Marcel Duchamp, déjà gourou, l'a emmené visiter le premier salon de l'aéronautique. On raconte que devant une hélice en acier suspendue au plafond, Duchamp aurait dit : « On ne peut pas faire mieux », à quoi le paysan roumain faux curé aurait répondu : « Notre devoir est d'essayer de faire mieux. » Quelle prétention de part et d'autre. Duchamp a opté pour une roue de bicyclette, Brancusi a fait un oiseau.

Est-ce qu'un oiseau est *mieux* qu'une hélice ? Un oiseau est un oiseau, une hélice une hélice et une sculpture une sculpture. Il faut toujours qu'ils pontifient ! Qu'ils fassent les intéressants. Qu'ils tirent sur leur pipe en se renversant dans leur fauteuil, l'air pénétré devant leur partie d'échecs comme si c'était le monde. Tous des pères. Même ceux qui n'ont pas eu d'enfants. Même pire, pontifiant comme des pères avec en moins la générosité et les emmerdements que les enfants imposent. Le monde réduit à un damier. Mais la dame, Messieurs, sur le damier, la reine, Messeigneurs, sur l'échiquier, elle avance tout droit, elle passe au travers, elle enfonce vos lignes et vous avale au passage. Car ce n'est pas le monde, c'est un échiquier, votre échiquier. Et ce n'est pas un échiquier, le monde, c'est un monde, infini, complexe, désordonné, chaotique. Calme-toi, Lison, voilà que tu t'échauffes, tu avais bien besoin de ça, c'est qu'ils sont énervants à la fin, ces deux-là. Le vieux roublard barbu des Balkans, arrivé à pied de sa Transylvanie natale, l'ermite de l'impasse Ronsin ; et l'autre, le professeur d'échecs sans lèvres, le saint nitouche qui sans mot dire aura disqualifié d'avance deux générations d'impétrants sculpteurs et peintres itou. Évidemment, il s'est vite rendu compte qu'il ne serait jamais qu'un peintre médiocre, alors il a cassé la baraque, terre brûlée, le pinceau et la térébenthine, c'est ringard, ça pue. Vous en êtes encore là ? Mon pauvre ami, ouvrez les yeux ! Ils ont passé l'arme à gauche depuis belle lurette, ces deux-là, et pourtant ils occupent encore le terrain. Étant donné ceci, étant donné cela, blablabla, ils vous font la leçon. Pas une leçon de choses, comme on en avait à Fénelon, disséquant de vraies grenouilles, faisant germer de vraies lentilles. Tu en mettais sur les rebords de toutes les fenêtres, et elles étaient nombreuses dans la maison de Choisy, baignant dans le coton humide, tu aimais voir ces petites tiges translucides se dresser insolemment vers le jour, petits phallus innocents et translucides, sans agressivité, sans ego, sans autre prétention que de voir le jour à la fenêtre. Non, la leçon de ces Messieurs est une leçon de leçons. – Qu'avez-vous à donner, Messieurs ? – Des leçons ! – Merci bien. Et qu'attendez-vous en retour ? Des louanges naturellement, qu'on vante votre hauteur de vue et la profondeur de votre pensée et s'il ne se trouve personne pour les chanter, ces louanges, les tresser, ces lauriers, vous vous en chargez vous-mêmes avec un air entendu. Que ne regardez-vous plutôt le jour à la fenêtre ? Vous y verriez peut-être germer des lentilles, c'est instructif. Une jeune pousse tout occupée à persévérer dans son être, c'est émouvant.

C'est un fait, tous les pères sont des coqs vaniteux et velléitaires, le mien tout particulièrement, tous les présidents de ceci ou de cela, de la République, de la société de chasse, du conseil d'administration ou du syndicat de copropriétaires, sont des prétentieux incapables qui se rengorgent à la première occasion, des Quichottes, à moi les moulins à vent, on va voir ce qu'on va voir. Tous les généraux, les maréchaux, les amiraux, les colonels, les adjudants sont des pantins grotesques qui envoient sans sourciller des cargaisons de jeunes gens à l'abattoir et font fusiller pour l'exemple les récalcitrants. Tous les galonnés, les médaillés, les décorés, en vertu des pouvoirs qui me sont conférés et patati et patata. Tous ceux qui incarnent l'autorité, qui s'abritent derrière l'autorité, qui n'ont de cesse qu'ils ne se convainquent eux-mêmes du bien-fondé de leur autorité, sont des baudruches ridicules dont nous nous emploierons à crever la panse rebondie qui est tout leur catéchisme.

Tu aimais les mathématiques. Au moins là, on ne vous la fait pas à l'oseille. Ta démonstration est juste ou elle est fausse, ce n'est pas une affaire d'autorité, de prestige ou de bluff, aucun Vatican, aucun Panthéon, aucun Kremlin n'y changeront rien. Tu aimais cette rigueur, les courbes pures qui se croisent au bon endroit, celui qu'un calcul sans erreur a désigné d'avance. Quelle satisfaction.

Le réfrigérateur est vide. Tu ne manges pas quand tu es seule. Assez cuisiné toute ta vie. La famille. Toujours prêts à se mettre les pieds sous une table. À Easton, ces tablées, Robert, les enfants, leurs amis... Et cette bonne conscience partagée... la nourriture va arriver toute seule sur la table, comme par enchantement, chaque jour un plat différent, on ne se demande même pas d'où ça sort, et tu débarrasses, tu vaisselles et tu lessives et personne n'y voit que du feu, tout juste si on ne te dit pas l'air compatissant : Mais viens un peu avec nous, on ne te voit jamais.

Cela dit, il faut quand même que tu prennes quelque chose si tu ne veux pas te déshydrater complètement, car le temps ici ne va pas s'améliorer. Une tartine de banane à la sardine, Madame est servie, un régal. Écrasées à la fourchette, banane et sardine à l'huile sur une tranche de pain. Ils sont tous horrifiés ! Non à cause du goût, ils n'ont pas goûté et pour rien au monde ne le feront. Ils sont horrifiés à cause de l'idée, voilà ! Cela ne se fait pas, un point c'est tout, on ne mélange pas un fruit et un poisson en conserve. Et pourquoi, je vous prie ? Parce que c'est comme ça et pas autrement. Il n'y a pas à discuter, eh bien moi je discute, ne vous en déplaise. Je pourrais discuter sans fin des mérites de la sardine à la banane associée. Sur toast ou sur pain frais. Sur biscotte en cas de pénurie extrême. Et avec un verre de lait. Santé.

Tu as aperçu les prévisions météorologiques à la télévision : calme plat. Pas même un orage en vue pour faire tomber la pression. À couvert les aïeux, sous perfusion ! C'est prouvé, la canicule dégomme les vieux. Les vieux et les bébés, les inaptes, les maillons faibles, un coup de chaud et hop ! Attention, tu es dans la cible. Tandis que sur toute l'Europe, on donne un agréable temps printanier. Jerry a de la chance.

Tu es allée jusqu'au coin de la 8$^{e}$ avenue pour acheter quelques fruits et une pizza. Le fleuriste de la 24$^{e}$ rue arrosait abondamment sa portion de trottoir, incertain de sauver ses plantations de l'accablement qui les gagnait. Cela formait une vapeur qui s'élevait dans l'air chaud. Le goudron de la chaussée, déjà passablement déformée, enfonçait sous les pas, une fumée acre et poisseuse sortait des bouches d'égout.

– Ce n'est pas civique ce que vous faites là, Mr. Cooper, dit Sam au fleuriste, la télévision dit qu'il n'y a plus d'eau, que le réservoir de Central Park est vide, qu'il faut épargner. Sam passait au ralenti au volant de son taxi jaune délabré en sirotant un grand coke dans un gobelet en carton.

– Pas civique, sauver des fleurs, vous pouvez courir loin pour trouver meilleure action sur terre, croyez-moi, dit Cooper le fleuriste.

– Sam, je crois que le fleuriste vient de marquer un point, il faut être beau joueur.

– O.K., il y a civisme et civisme, en attendant vous feriez mieux de rentrer chez vous, Louise, dit Sam, ce n'est pas un temps à traîner dehors, déjà 347 morts à cause de cette fichue vague de chaleur, vous tenez à être la 348e ?

– Encore un donneur de leçons, est-ce que je me mêle de vos affaires, moi, lui ai-je dit, occupez-vous plutôt de votre tire branlante et allez faire ressouder votre pare-chocs, il va vous lâcher sous peu, c'est que c'est dangereux votre affaire, un vrai corbillard, a-t-on jamais vu un corbillard jaune avec une bande de petits carreaux noirs et blancs sur le côté.

– 375 15 15, Louise, vous pouvez m'appeler à toute heure si vous avez besoin de quelque chose, Sam est toujours prêt. Et Jerry, que fait-il, pourquoi vous laisse-t-il courir par un temps pareil ?

– Jerry est à Paris, il prend du bon temps, à l'heure qu'il est, il doit être à la terrasse du Flore à reluquer les filles. Enfin, je me comprends ! Tu les connais les Parisiennes, Sam ? Les jambes des Parisiennes ! Tu n'as pas ça dans ton taxi de merde qui ne dépasse pas les environs de Lower East Side. Ce n'est pas ta cargaison habituelle, les belles jeunes femmes aux jambes fines qui se parfument avec Shalimar et qui rient entre elles de choses qu'on ignore, hein ?

Jerry est à Paris. Et avant ça, il était à Londres. Jerry installe l'exposition. À Londres, à Paris, partout, Jerry est devenu installateur d'expositions, et toi tu es fabricante de fables. On dit que ce sont des sculptures parce qu'elles sont en marbre ou en fer ou en bois, en réalité ce sont des fables, de petites histoires du passé, restées en travers de ta gorge, des pilules mal avalées, que tu débites, que tu marmonnes, que tu rumines. Et voilà qu'on les expose à Paris. Ah comme tu aurais aimé aller à Paris autrefois, montrer à tout Paris tes petites fables de fer, de marbre ou de bois. Trop tard. Il y a un temps pour tout, ce temps-là est passé, tu ne voyages plus.

Jerry téléphone chaque jour, il raconte, tu écoutes, tu ne dis rien. Il sait mieux que toi. Tu ne dis rien mais tu veux tout savoir, tu ne t'en lasses pas. Ces sculptures dont personne ne voulait il y a encore dix ans, même ici à New York où l'on accepte et vante tout et n'importe quoi un peu plus vite que partout ailleurs, voilà qu'on en fait une rétrospective, qu'on les met avec d'infinies précautions dans des caisses capitonnées faites sur mesure pour elles, qu'on les expédie par avion aux quatre coins du monde, qu'on les assure pour des fortunes et que les foules se déplacent pour les voir. Tes petites fables déclenchent des polémiques à elles toutes seules, pas besoin de toi pour souffler sur le feu. Mais la revanche est insipide, elle arrive trop tard. Les adolescents te portent aux nues, à les entendre, tu serais la grand-mère de leurs rêves, la vieille dame indigne, et toi, tu ne songes qu'à faire un signe à ceux qui ne sont plus là. Tous en terre, entre Choisy, Sceaux et Antony. Mais en visant une chose on en accomplit une autre. C'est la loi, tu t'y plies, tu mets ta casquette, façon de dire : Qui fait la loi ici? Mais tu ne fais pas la loi, tu t'y plies seulement, tu polis du marbre, tu fais des entailles dans le bois, tu adresses des signes aux morts que des vivants reçoivent. La voilà la revanche. À quoi bon aller à Paris, manger des petits-fours, distribuer des sourires, faire la courbette aux ministres. Non, d'ici les signes sont plus beaux.

Alors tu ressors le vieil album de photos pour une petite cure de nostalgie. Voici Louison entre Père et Mère sur les marches de la promenade de la mer au Cannet, Louison porte un béret et des socquettes noires, Père et Mère, en chapeau, s'appuient l'un sur sa canne, l'autre sur son parapluie. Le tout forme un être hybride à huit pattes. Et voici Père dans le fauteuil devant la cheminée du grand salon, sous le buste de Marie-Antoinette. Et Mère lisant, accoudée à un guéridon dans la galerie des tapisseries. Et maintenant c'est toi encore, à Choisy, seule dans le parc, désemparée, devant la maison, c'était le jour de l'enterrement de Pyrame, comment l'oublier? Et Louison en geisha, ombrelle de papier sur l'épaule et kimono de soie à grosses fleurs imprimées, c'était encore au Cannet le jour d'une visite à Bonnard, Mère et toi vous étiez mises en frais pour l'impressionner. La photographie engendre la nostalgie, c'est dans sa nature.

Des êtres qui vous manquent. Est-ce que le manque n'est pas le propre des êtres ? Manquer, n'est-ce pas ce qu'ils savent faire le mieux ? Vous manquer. Vous trahir, vous décevoir, vous quitter, vous manquer. Il ne faut pas mettre la barre trop haut avec les êtres, on s'en mord toujours les doigts. Longtemps, je me suis mordu les doigts. Bon, d'accord, c'est toi qui es partie, il faut l'admettre, c'est toi qui as mis un océan entre vous, entre les êtres et toi et qui maintenant fais mine de t'étonner qu'ils t'aient manqué, qu'ils te manquent. Mais n'est-ce pas pour ça que tu es partie ? Parce qu'ils te manquaient déjà, parce qu'ils n'avaient jamais fait que te manquer, parce qu'ils étaient bien incapables de te retenir. Tu disais : Retenez-moi, avec vos mains, avec vos bras, avec un mot. Tu disais : Faites quelque chose, Bon Dieu mais faites quelque chose ! Et eux : Bon voyage, tu en as de la chance, l'Amérique, ne nous oublie pas, écris. Pas un geste, pas un mot, pas le mot attendu, jamais. Voilà l'affront que les êtres vous font, voilà de quel aplomb les êtres sont capables. Alors vous partez, vous les maudissez, vous chialez des jours entiers, vous faites et défaites la natte de vos cheveux qui descendent plus bas que vos fesses, vos cheveux d'enfant, vos cheveux de là-bas, jamais coupés. Tu as emporté la France dans tes cheveux. Tu as essuyé tes larmes dans tes cheveux. Tu as arraché tes cheveux par poignées en chialant, puis tu les as brossés longuement et tu as refait ta natte. Tu as dessiné sans fin, de la pointe d'un bambou taillé et trempé dans l'encre de Chine, des écheveaux de cheveux. Dans l'espoir de retrouver la paix. Provisoirement.

Tu te desséchais. Tu sentais le froid, un froid sec, monter en toi. Un froid et une sécheresse qui te retranchaient du monde. Tu pensais que tu allais mourir si rien ne se passait. Mourir comme ça, juste de ne pas pouvoir vivre. Mourir de froid et de sécheresse. Mourir de retranchement du monde. Il n'y avait qu'à se laisser aller un peu, au froid, à la sécheresse, au retranchement, et cela allait arriver. Tu te souvenais du froid de la Bièvre quand tu y avais plongé pour en finir avec le retranchement, pour en finir avec l'abandon, pour en finir avec le mourir qu'était vivre. Le même froid, comme si l'eau glacée de la Bièvre coulait dans tes veines et te paralysait.

Alors tu montais sur le toit. Pour échapper. Le toit, c'était aussi le ciel. Ce grand ciel bleu clair de Manhattan en hiver, très haut, très pur. Le toit c'était la tentation du vide. Et chaque fois la petite victoire de ne pas y avoir cédé. Curieuse façon de reprendre pied. Tu te souviens de la sensation sous tes pieds de la surface molle et noire du revêtement en goudron de la terrasse. Dans un coin, à l'abri, près de la cheminée, était ta réserve de poutrelles de bois tendre, tu les sortais une par une, les retournais, les soupesais, et quand l'une d'elles se signalait par sa présence entre tes mains, tu commençais à la tailler pour en faire une petite personne, un misérable substitut, un avatar, un ersatz, donnez-lui le nom que vous voudrez, un pâle remplaçant, un lieutenant de ces êtres que nous aimons – ou n'aimons pas – mais qui nous manquent, qui nous ont toujours manqué.

Enfin calmée, résignée, le sang tiède étant peu à peu revenu dans tes veines, tu redescendais dans le monde où chacun vaquait à ses petites affaires, à mille lieues d'imaginer le voyage qui avait été le tien parmi les ombres du passé.

Peu à peu tu avais reconstitué une petite famille par procuration. Certains allaient par couples, l'un penché vers l'autre, comme à son écoute, d'autres résolument seuls refusaient la promiscuité, se drapant dans leur dignité supposée, leur dignité d'emprunt, la dignité d'une petite personne de bois.

Leur pied fragile de déracinés. Comme toi. C'est qu'ils sont un peu toi aussi, comment ne le seraient-ils pas ? Au début, ils n'avaient tout simplement pas de piétement, pas de base, pas de socle, pas d'attache, de sorte qu'il fallait, pour qu'ils tiennent debout, soit les ficher dans le sol, soit les appuyer contre un mur. Tu aimais bien cette dernière possibilité justement pour son caractère précaire. Tu les sortais, tu les rentrais, tu les transbahutais dans tes bras d'un endroit à l'autre, comme des enfants, comme des créatures, et tu les alignais contre le mur de la maison. Tu les revois, en ligne, comme des prisonniers, comme des otages, contre le mur. Dans cet équilibre instable qui préservait leur statut de substituts. Frêles substituts, ils n'avaient pas l'aplomb de leurs modèles, les traîtres, ceux qu'on a toujours tort d'aimer. Dont on a toujours tort d'attendre qu'ils vous aiment. Père, mère, frère, sœurs, cousins et consorts. Ah ce n'est pas à dire que Mère t'ait jamais manqué ou trahie, la bonté même, la tolérance, la sagesse, mais elle t'a manqué pour de bon ; révérence tirée un beau matin de 32.

Quand j'y pense je tremble encore. Je crie son nom dans l'escalier comme je faisais là-bas dans la grande maison de Choisy. J'entends encore l'escalier résonner des cris que j'y poussais. Passé le délai légitime – deux ou trois semaines – pendant lequel il considérait qu'il était convenable de laisser éclater – decrescendo – une douleur mesurée, Père me regarda comme un animal sauvage de la sorte qu'on renonce à apprivoiser. Lui-même, pendant ce temps, s'était borné à éviter les sorties nocturnes, les parties de cartes, les plaisanteries graveleuses, les beuveries entre amis, les polissonneries avec la bonne. Peu à peu et une à une, toutes ces activités reprirent leur cours.

Alors ce fut la Bièvre, au fond du jardin, sans crier gare, plouf, tout habillée, tu sens encore le froid te pénétrer jusqu'aux os. Et puis évidemment, Zorro est arrivé, ni une ni deux, s'est jeté à l'eau pour te tirer de là. Quelle affaire ! À partir de ce moment, il n'a plus songé qu'à te caser. Refiler le problème à un autre…

Pourquoi l'escalier? allez savoir... Tu criais. Au pied de l'escalier. Écrasée. Plus tard, tu as fait des escaliers ne menant nulle part. Rien que pour dire la douleur de l'escalier. L'écrasement dans l'escalier. Sept ou huit marches en bois qui s'élèvent, qui vous écrasent. Derrière l'un d'eux, tu as caché un cœur rouge, gros et rouge, en cire. Au pied de tes escaliers, il y a une petite personne écrasée. Écrasée parce qu'abandonnée. Vous ne la voyez pas mais elle est là, toujours, au pied de tous les escaliers. Personne ne la voit mais toi tu sais qu'elle est là, criant en silence. Abandonnée.

Mère était la seule auprès de qui tu te sentisses en sécurité. La bonté, l'intelligence, la tolérance. Jamais elle n'a rien ignoré des manèges de Père. Pas un instant elle ne fut dupe de la situation. Père avait décidé que nous devions, mon frère, ma sœur et moi, parler l'anglais, la mesure s'appliquait automatiquement aux deux petits cousins, cela va de soi. Il décréta qu'il nous fallait une nurse anglaise, il en eut bientôt convaincu chacun. Il partit pour Londres où il avait des correspondants et des clients en déclarant qu'il saurait bien dénicher et ramener la perle qui enseignerait ses enfants. Il fit valoir à Mère qu'elle serait déchargée de ce souci et n'aurait plus que de l'amour à donner, la liberté ainsi obtenue d'aller le soir au spectacle, de voyager. Mère n'a pas vu les ports de mer ni les comédiens. Sous peu, Père rejoignait Sadie dans sa chambre toutes les nuits, leurs regards complices à la table familiale nous reléguaient. Tu les entendais glousser dans les escaliers, se frôler entre deux portes. Elle minaude, il plastronne ; elle froufroute, il se goberge et se rengorge ; elle fait la dinde, lui, le dindon. Tu regardais Mère qui regardait ailleurs. Mère feignait de dominer la situation – ce qui est généralement suffisant pour la dominer réellement quand on ne peut rien y changer. Peut-être y trouvait-elle son compte. Allez savoir…

Pourtant elle n'était pas peu satisfaite quand elle me glissait sur le ton de la confidence et avec ce regard qui ne trompait pas : « Je suis allée dans sa chambre... » Revanche de femme.

Elle est dans mes dessins depuis toujours, sous la forme d'une araignée. Les gens n'aiment pas les araignées, ordinairement, ils en ont peur, les femmes montent sur des tabourets et crient, les hommes les écrasent du pied avec le contentement de soi que leur procure le sentiment d'accomplir une bonne action.

Toi, tu aimes les araignées, c'est beau, c'est propre, c'est calme et véloce à la fois. Elles se tiennent dans les coins, immobiles, pas de mouvement inutile, pas d'affolement, ni obsessionnel ni hystérique, un animal serein, distancié, qui observe. La patience animale. Elles éliminent tout ce qui nous rend la vie insupportable, les mouches, les moustiques. Ah, à Easton, les moustiques ! Qu'aurions-nous fait sans une bonne colonie d'araignées. Et il faut voir comme elle prend soin de sa progéniture. Tu les observes, dans le jardin, dans le grenier, dans l'escalier, dans la cave, ce ne sont pas les mêmes ici ou là, tu les identifies, tu décris leur comportement. D'un voyage à Paris, tu as rapporté de chez Boubée et Cie, rue du Bac, une encyclopédie des araignées du monde entier. Tu as tes préférées. On verra ça plus tard, vous ne saurez pas tout aujourd'hui, un peu de patience mes petits chats.

Molly, qui vient ici deux fois la semaine tenter de mettre un peu d'ordre, ne s'en remet pas. Elle n'a le droit de toucher à rien et surtout pas aux araignées ni à leurs toiles. Elle passe vaguement l'aspirateur dans le centre des pièces en évitant les coins. « Élever des araignées, Seigneur, ça n'est pas chrétien, si ce n'est pas le Diable cet animal-là, pour sûr c'est son ambassade », dit-elle. Dans cette grande maison où tu es maintenant seule de la cave au grenier, il n'en manque pas, elles prolifèrent. Tu penses à Mère surveillant sa couvée. C'est elle, tu la vois, tapie dans son coin, patiente, attentive, aux aguets, prête au sacrifice. Et au moindre accroc dans sa toile, réparant, recousant, raccommodant. Tu ne te lasses pas de la dessiner, tu dessines Mère.

Mère était aussi une sorte de tisserande. Elle avait la charge de réparer les tapisseries que Père rapportait de ses tournées dans les châteaux des environs. Il disait les environs, c'était pratique, chaque fois une nouvelle escapade. Une fois les tapisseries restaurées, il les vendait à New York, à Boston, à Philadelphie. Et pendant ce temps, Mère penchée sur son ouvrage, tirant l'aiguille. Au petit point. Comme tu aimais sa patience, son application.

Dans *Les Métamorphoses*, Ovide décrit la jalousie de Minerve pour Arachné, la Lydienne, qui s'était rendue fameuse pour son habileté au tissage. Ce n'est pas tant à son talent que s'en prenait d'ailleurs la fille de Jupiter, mais plutôt à l'insolence de l'artiste qui avait osé représenter avec tant de vérité les turpitudes des dieux de l'Olympe. Jupiter, Neptune, Phébus, Saturne, les grands, les beaux, les forts, les sagaces, les *super-duper*, tous prompts à se déguiser ou se transformer, qui en oiseau, qui en serpent, pour abuser de la première nymphe de passage. Leur inconduite et leur duplicité éclataient au grand jour.

C'est en quelque sorte l'honneur de la famille que défend Minerve en lacérant l'ouvrage d'Arachné. Laquelle, humiliée, tente de se pendre avec un de ses lacets. Magnanime, Minerve la sauve mais, comme il faut que tout se paie, la condamne à rester suspendue à son fil, puis elle l'asperge du poison préparé par Hécate qui peu à peu la ronge, la rétrécit, la ratiboise en sorte qu'elle ne soit plus qu'un ventre flanqué de huit maigres pattes dont cependant elle tire encore du fil pour tisser la toile qui lui sert désormais de refuge.

La toile, merveille de dessin. Tu aimais la spirale logarithmique qui coupe obliquement à angles constants les vecteurs irradiant à partir du pôle dont elle se rapproche toujours sans y parvenir jamais, enroulement sans fin en tours toujours plus serrés, à peine discernables. Gloire à l'universel géomètre. Et au matin, quand la rosée s'y prend, quelle lumière…

Mère, la princesse tisserande, je vois son diadème. Et les aventures des dieux de l'Olympe, si je les connais ! Au début du siècle les goûts des bourgeois de Nouvelle-Angleterre qui achetaient les tapisseries de Père pour leurs appartements néogothiques de Park Avenue avec boiseries directement importées du Périgord étaient plutôt puritains. L'amour passe, le sexe non. De toutes ces bacchanales dans la forêt ou dans l'Olympe, il fallait ôter le corps du délit : les sexes. Mère les découpait, les excisait, les censurait. Comme on te trouvait douée pour le dessin, il t'échut la tâche de dessiner des feuilles, des fruits, des branches à la place des génitoires des satyres ou des amours. Mère gardait dans une boîte en fer-blanc qui avait contenu des gâteaux secs les sexes de laine dont elle avait pratiqué l'ablation. Le couvercle de la boîte était orné d'une scène galante dans le genre Fragonard, qui désignait par un euphémisme délicieux le contenu réprouvé qui avait pris la place des boudoirs d'origine. Tu devais, en suivant la forme de la partie ôtée, la remplacer par le feuillage approprié. Mère le tissait en suivant ton canevas et le cousait en place des organes bannis.

Père allumait son cigare, passait son pouce dans son gousset et vérifiait que la substitution était bien faite, le crime maquillé, le négoce facilité. « Bien vu, Louison » était le compliment d'usage. Laconique dans le compliment, intarissable dans la moquerie.

*

Nadar, le photographe, a écrit un petit conte qui s'appelle *L'Araignée*. Un ami me l'a apporté de Paris. On y voit le narrateur s'engager de nuit, une bougie à la main, dans le cellier situé au fond d'un vieux jardin. Au moment où il pénètre dans l'endroit, il voit toute une colonie d'araignées s'enfuir. Une seule, énorme, reste sur place, au mur, et le regarde, semblant le défier. Il approche alors sa bougie et flambe l'animal. Alors que le corps velu se tord et crépite au sol, Nadar entend l'esprit du myriapode – est-ce un myriapode ? je crains que non, huit pattes, le compte n'y est pas – qui lui dit : « Je ne te demande rien, je ne te coûte rien, je te sers gratuitement comme un de tes alliés les plus fidèles, et tu me hais, homme d'iniquité !

J'ai pris pour tâche de te délivrer des mouches et des cousins qui te dévoreraient sans moi ; je te donne autant que je le puis le repos de tes nuits d'été, la volupté des crépuscules du soir – et tantôt j'ai arrêté court la terrible charbonneuse qui allait inoculer la mort inexorable à ton enfant bien-aimé.

Mais tu me trouves laide et pour récompenser mes services, tu m'assassines sans danger – et de plein droit, étant le plus fort.

Meurtrier, lâche, ingrat – imbécile !!! »

Le lundi 8 août 1932, un dieu de l'Olympe meurtrier, lâche, ingrat, imbécile, ou simplement jaloux, a frappé Mère de son décret.

Tu la retrouves, dans les araignées que tu croises, dans celles que tu dessines, dans celles que tu observes. Tu tiens un catalogue des araignées, catalogue des mères. Tu prends ta plus belle écriture pour recopier l'Encyclopédie de Boubée. Recopier la description d'une espèce d'araignée, c'est devenu une sorte de rituel, c'est un peu comme entretenir la tombe de ta mère. Tu vis par procuration parmi les araignées.

Noté de l'encyclopédie de Boubée :

Chez l'araignée à diadème, le mâle se signale à la femelle en faisant vibrer rythmiquement l'un des fils de contre-appui de sa toile. Cette sérénade pour cordes semble inhiber la tendance dangereuse de la femelle à dévorer tout ce qui bouge alentour, elle s'immobilise, comme médusée, envoûtée, on voit alors le mâle musicien s'approcher à pas comptés pour honorer l'épousée. La chose faite, il file se cacher et on ne le reverra plus, tandis que madame semble s'éveiller d'un songe et reprend peu à peu ses activités chasseresses.

*

Chez le papetier de la 7e avenue, tu as acheté un cahier, un cahier d'écolier à petits carreaux. Sur la couverture, tu as écrit : *Le Livre de l'araignée.* Tu y consignes tes observations, tu y recopies des passages de J.-H. Fabre, tu y ajoutes quelques idées de dessins. Tu aurais pu l'appeler *Le Livre de ma mère*, ça existe déjà, donc ce sera *Le Livre de l'araignée.* S'y plonger le soir après une journée de travail te procure le même type de bien-être qu'à l'écolier sa collection de timbres.

Tes parents t'avaient fait quitter le lycée sur un prétexte afin que tu te consacres au dessin de restauration des tapisseries. Le commerce marchait à merveille, c'était avant la grande crise. Père rapportait toujours davantage de tapisseries de ses tournées et il fallait fournir. Mère était trop faible maintenant pour tisser, Père avait embauché des couturières, tu les regardais faire, il fallait parfois leur expliquer les dessins. Tu les appelais les sœurs filandières. Elles ne faisaient pas que filer. Aux ordres du maître.

Un soir, Mère t'a fait asseoir sur son lit et promettre de reprendre tes études. Il te faut un métier, disait-elle, va à la Sorbonne, si tu connais les mathématiques, tu ne dépendras pas des hommes. Tandis que Père ne songeait qu'à te faire épouser ce jeune gandin avec sa belle voiture décapotable qui traînait toujours dans les parages. Le fils d'une de ses relations sur lequel il ne tarissait pas d'éloges. Tu parles !

*

Maudit animal, elle m'a piqué. Sous l'aisselle, une grappe de pustules gonflées de venin. Elle n'a fait que se défendre. Depuis combien de temps n'avais-tu pas remis les pieds dans ce bureau, celui de Robert, tu t'es assise là où il avait l'habitude de s'asseoir pour travailler et tu as remué une pile de vieux dossiers, travaux en cours que sa mort a laissés en place. L'araignée n'avait pas trouvé meilleure planque pour élever sa petite famille que ce lot de projets avortés que personne ne s'avisait d'agiter depuis des lustres. Comment lui en vouloir? Qu'est-ce qui t'a pris d'aller la déranger là. Y a-t-il un lieu au monde plus bénéfique, plus propice à l'éclosion d'une kyrielle de petits rejetons, qu'un bon vieux dossier empli de feuilles griffonnées portant l'ébauche d'une théorie générale des civilisations à travers leurs manifestations magico-esthétiques. N'est-ce pas réconfortant? Les élucubrations longuement mûries d'un historien d'art pour enfin tirer au clair le fond de l'âme humaine finissent par donner naissance à une génération de l'une des espèces les plus anciennes de la planète, bien antérieure à l'homme et qui probablement lui survivra longtemps. Ta dermatologue n'avait jamais vu ça. Pas d'araignée au quarante-deuxième étage d'un building de Park Avenue dont les fenêtres n'ouvrent pas. Elle t'a donné une pommade, t'a dit que tu en aurais pour un mois. Elle t'a pris pour une sorcière.

*

Épeire parturiente au fond du jardin. Tu l'observes sans te lasser, sans gêner son manège.

Sur son gros ventre, presque du volume d'une noisette, alternent les écharpes jaunes, argentées et noires. Autour de cet opulent abdomen rayonnent les huit pattes annelées de pâle et de brun.

Dans l'industrie maternelle, l'épeire excelle. La sacoche de soie où elle loge ses œufs est une merveille. Le col resserré en forme de poire est couronné d'une marge dentelée dont les angles se prolongent par des amarres fixant le nid aux ramilles du voisinage.

Le corps, ovoïde, descend d'aplomb, quelques fils assurent sa stabilité.

Le sommet s'excave en un cratère clôturé de feutres soyeux. L'enveloppe générale d'un blanc saturé est épaisse, dense, imperméable. Tu lui donneras des œufs de marbre. Trois. Ils seront bien visibles à travers une sorte de treillage, sous elle. Elle sera grande, imposante, monumentale et frêle, telle qu'on puisse passer entre ses pattes, longues barres de fer qui s'amenuisent en pointe et finissent par un crochet. Tu en feras toute une famille. Ta famille.

*

Mère avait toujours froid, malgré les soins les plus tendres, on eût dit qu'elle marchait vers la mort. Chaque jour l'affaiblissait davantage. Elle ne se levait plus, parlait faiblement. La lumière du soir qui filtrait à travers les persiennes donnait à ses cheveux des couleurs d'automne. Le docteur avait ordonné des sangsues, puis des ventouses, pour l'aider à respirer, rien n'y faisait. Cette satanée grippe espagnole qui l'avait mise sur le flanc en 18 et ne l'avait jamais vraiment lâchée depuis... Père passait cinq minutes chaque jour avant le dîner, plaisantait un peu, disait que tout allait s'arranger, que cela allait déjà mieux. Après le dîner où il était seul à parler et seul à manger, Père sortait. Il régnait dans toute la maison un silence de sépulcre.

Vous vous souvenez de la scène de la mort de Mme Grandet dans Balzac. Sa faiblesse était cause du retard pris dans son ouvrage : des manches en laine dont elle avait besoin pour l'hiver. *Faute de manches*, dit-il, le froid la saisit au milieu d'une sueur causée par une colère de son mari. Eh bien ce fut quelque chose d'approchant, Mère avait pris froid pour de bon et rien ne semblait pouvoir l'en guérir.

Tu as dessiné une saint Sébastienne. Une femme, plutôt opulente, en marche, presque en fuite, ses longs cheveux au vent derrière elle. Saint Sébastienne : son corps est percé de flèches. Les flèches ne sont pas réalistes, ce sont des flèches de mathématiques, des lazzi. Cette femme est en butte aux moqueries, c'est une martyre. N'y a-t-il pas une composante hystérique dans le martyre ? Le regard extatique de saint Sébastien attaché à sa colonne et ces lèvres si sensuelles autour de chaque dard, dans son ventre, dans son sein.

L'autre jour au MoMA, exposition des photographies d'Andres Serrano, quelle beauté ! Ce sont des photographies en couleurs prises à la morgue de New York ou de Brooklyn. De gros plans tirés en grand format, au moins un mètre cinquante de large, la taille idéale pour accrocher au-dessus de votre lit, vous voyez. Des visages, des parties du corps, tuméfiés, blessés, rougis, bleuis. Un pied, un pied sublime avec sur le côté une grande bouche rouge, une boutonnière béante comme le stigmate du clou arraché au pied d'un Christ tout juste descendu de croix. Tu étais en extase devant ce pied si pur, tu pleurais de bonheur, toute seule. Puis tu t'es dit : Allons ma fille, ce n'est pas convenable. C'est ça le bonheur, pas convenable. Pourtant le bonheur à la morgue et par photographies interposées, ça ne fait de tort à personne. Et avec ça, du bonheur cultivé, raffiné, intelligent, avec références à l'histoire de l'art et des sciences, s'il vous plaît. Eh bien non, on y cède un instant, on pleure de joie et puis une vieille voix puritaine vous dit : Allons ma fille !

On voyait chez Charcot, à la Salpêtrière, des hystériques qui revivaient les persécutions des premiers chrétiens, le même bonheur, la même lumière, dans la cage quotidienne de leur hystérie. Cela avait frappé le jeune Freud quand il était en stage chez Charcot à Paris, il en parle quelque part.

Voilà, tu as fini ta saint Sébastienne, elle te plaît bien, en bas à droite, tu écris les mots *Saint Sébastienne* et tu ranges le dessin dans un tiroir. Pourquoi l'as-tu titré *Saint Sébastienne* et non pas *Sainte Sébastienne* ? C'est comme ça ! Ce n'est pas une sainte qui se serait appelée Sébastienne, c'est saint Sébastien-ne. Tu n'as pas trop envie que Jerry le voie. Pas tout de suite. Il ne va pas l'aimer, trop clair, trop bavard, trop pathétique, même si les flèches sont mathématiques. Et puis tu veux le garder pour toi un moment, tu n'en as pas fini avec elle, tu vas peut-être faire d'autres saint Sébastiennes. Par exemple en commençant par les flèches. Des flèches dans tous les sens qu'on pourrait dire inoffensives faute de victime, puis tu introduirais le corps. Ou pas, peut-être t'en tiendras-tu à une saint Sébastienne réduite à ses flèches.

Tu aimes dessiner des flèches. Tu pourrais passer ta vie à dessiner des flèches. Ou des spirales. Cela te procure un apaisement que tu ne trouves dans rien d'autre. La flèche n'est qu'un trait, mais c'est nécessairement un trait qui va quelque part, un trait lesté. C'est ça que tu aimes, que le trait soit chargé d'intention. Tu dessines des flèches courtes, des flèches longues, des flèches courbes, des flèches qui se poursuivent, des flèches maigres, des flèches charnues comme l'as de pique.

Est-ce une flèche qui dessina cette bouche sur le flanc du pied christique de Serrano ? Fontana peut bien aller se rhabiller, dans le genre chicos-déco, celui-là ! Entailles aseptisées sur fond monochrome à la demande, bleu, rouge, jaune... Chez Serrano, c'est dans la chair. Le fer a été porté, vous comprenez. Il faut tôt ou tard entrer dans le vif du sujet. Et ça fait mal. Creuser la surface. Pas de simagrées, de faux-semblants. Gros plan sur la douleur.

*

Noté dans *Le Livre de l'araignée* :

Le mâle de l'araignée-loup (*Pisaura mirabilis*) est notablement plus petit que la femelle et il court quelque danger d'être mangé par elle. Afin de s'en protéger, le mâle capture une proie convenable, moucheron, moustique, petit papillon, l'enveloppe soigneusement dans de la soie et offre à sa compagne, avec une déférence visiblement mêlée de crainte, le petit paquet cadeau préparé pour elle. Il se retire de quelques encablures et attend de voir si le stratagème fonctionne. Si la femelle cède à sa gloutonnerie coutumière, le mâle peut enfin s'approcher d'elle et s'accoupler sans risque pendant que Mme Loup se repaît du présent qu'on lui fit. Fais ton affaire, je fais la mienne, semble-t-elle lui dire.

*

Vous connaissez la *Judith décapitant Holopherne* d'Artemisia? Quelle puissance, quelle audace, elle est véritablement en train de scier le cou de sa victime, le sang gicle de toutes parts. Le vif du sujet.

Est-ce que la douce Artémise, à peu près le seul peintre de son sexe que le siècle ait retenu, est en train de scier par procuration le cou de son père Orazio, lui-même alors un peintre célèbre ? Un peu de place, Papa !

Curieusement, ce papa portait le nom de sa mère et pas celui de son père, Giovanni Batista Lomi, qui était déjà connu comme peintre. Ainsi le père avait-il rencontré le même problème, plutôt que de scier le cou de son père, fût-ce symboliquement, il a emprunté le nom de sa mère, Gentileschi, et il a engendré une fille qui est devenue peintre comme lui et qui aujourd'hui, quatre cents ans plus tard, a éclipsé sa renommée en portant haut le patronyme de la branche maternelle.

Les actions symboliques. Le poids du destin. Le carcan de l'atavisme. Les questions du sphinx. Le meurtre du père. Toujours les grands mots. Aux grands maux, les grands remèdes.

Toi, tu as trois fils qui portent ton nom, pas celui de leur père, allez savoir pourquoi. Depuis toujours, allez savoir pourquoi, tu as gardé le nom de ce père qui t'insupportait au possible et dédaigné le nom du mari que tu adorais. Il faut dire que ce Bourgeois tenait à son nom pis qu'un aristo. Mais tu n'étais pas obligée d'obtempérer... Dans le fond, tu étais d'accord avec lui, au moins sur ce point. Quant au mari, les enfants, ce n'était pas trop son truc. Le nom non plus d'ailleurs. Refiler ses gènes, passe encore, son nom, faut voir. Il disait : on ne va quand même pas les affubler d'un nom juif alors qu'on peut faire autrement. Les Juifs sont destinés à souffrir, pourquoi ne pas déjouer le destin quand l'occasion s'en présente.

Trop compliqué. Ou trop clair. Pas nécessaire de faire toute la lumière. Un peu de clair-obscur dans les relations parentales, please. Ne trouvez-vous pas qu'on est mieux dans l'ombre ? Fermez la porte de la chambre à coucher, j'entends vos gémissements, vos soupirs d'aise qui me glacent. Tu les entends encore et Mère les entendait aussi quand la bonne passait à la casserole. Un galet dans la boîte. On refait son nœud papillon en chantonnant, on descend l'escalier d'un pas leste, on part acheter des cigares. Les cigares sont partis en fumée mais les galets sont toujours là, dans leur boîte à chaussures, un pour chaque conquête, dérisoire tableau de chasse.

Non seulement tu portes le nom de ton père, mais tu portes aussi son prénom. Naturellement, Monsieur voulait un fils, un héritier, un petit mâle et pas une fille, bouche inutile, qu'il allait falloir caser. Ta mère, le sachant, entreprit, pour atténuer sa déception, de lui vendre sa fille nouvelle-née : Regarde comme elle te ressemble, lui disait-elle, c'est ton portrait tout craché, elle savait par où le prendre, la vanité mâle, toujours le point faible, regarde, elle a tes yeux, c'est ton portrait, nous lui donnerons ton nom. Après cela, il t'appelait Louison, durant toute ton enfance tu fus appelée Louison. Quand tu lui écrivais, tu signais *Ton Louison*.

Louison et ses esclavons. Cela ne te déplaisait pas, tu y puisais secrètement une légitimité que tu savourais en silence.

★

Dans *Le Livre de l'araignée* :

À baldaquin. Araignée à baldaquin, c'est ainsi qu'on l'appelle. De la famille des Liniphiidés. Quand elle a écumé un territoire, quand elle a besoin d'air, quand l'envie lui en prend, on la voit tisser avec soin un petit parachute de soie dont elle teste à plusieurs reprises la résistance, enfin, bien arrimée par plusieurs fils symétriquement croisés, elle se lance dans le vide au premier souffle d'air et se laisse porter par le vent vers un nouveau territoire. Une de tes préférées, celle-là, jamais prisonnière, elle ne se plaît plus là où elle est, hop, elle émigre, au gré du vent, c'est simple, c'est léger, c'est pratique. L'araignée fugueuse, tu en as fait autant, un mâle passe et on fait sa valise. Runaway girl, avec ses cheveux dans le dos et son petit bout de jupe, on passe l'océan et on n'en parle plus. Enfin, c'est vite dit.

⋆

La nuit dernière, tu as rêvé que ton père n'avait plus de nom. Le rêve n'avait rien d'un cauchemar, tu n'étais pas effrayée, ni même inquiète, simplement tu cherchais son nom et tu devais te rendre à l'évidence, il n'en avait plus. Le plus étrange est que cela n'affectait en rien ta propre identité. À aucun moment elle ne te parut mise en cause, le problème de ton nom à toi ne se posait pas, c'est lui qui était sans nom, lui seul. Du grain à moudre pour Lowenfeld. Qu'ils se débrouillent avec mes rêves. Quant à moi, le mystère me convient. Nul besoin de l'élucider. L'obscurité a ses vertus.

Tu t'es éveillée avec une certaine satisfaction. Tu n'as pas travaillé, tu étais détendue. Tu as regardé les bourgeons dans le jardin. Tu ne manques jamais ce moment merveilleux où les premières feuilles sont sur le point de se déployer, les bourgeons éclatent sous la pression interne. Le rameau du marronnier d'Inde, tendu comme l'index ; celui du frêne dont les feuilles opposées se déplient en même temps et symétriquement ; les crosses des fougères, ah les crosses des fougères sont tes favorites. Il paraît qu'en Orient on les mange, sous toutes les formes, étuvées, sautées, au vinaigre, ils ont bien raison, c'est si beau que ça doit bien aussi être bon. Tu te souviens qu'il y avait dans la bibliothèque de Père un album des photographies de Blossfeldt, c'était une édition allemande parue à la fin des années vingt, un recueil de photographies de jeunes pousses, de bourgeons, de feuilles, prises au Jardin botanique de Berlin, vues frontales sur un fond gris clair, sans esthétisme ni métaphore, des portraits de jeunes feuilles, c'est tout. De petits bustes de végétaux bien droits, sans piédestal, photographiés de face. Tu ne te lassais pas de le feuilleter. Tu y trouvais des modèles pour les feuilles cache-sexe des satyres de l'Olympe. Où est-il passé, cet album ? pas l'impression qu'il soit dans l'une des caisses qui contiennent les livres de Père. Blossfeldt n'était qu'un photographe amateur, en réalité il était sculpteur, il enseignait aux Beaux-Arts de Berlin, son cours s'intitulait : « Modeler d'après les plantes vivantes. » Ses photographies n'avaient d'autre but que didactique. C'est pour ça qu'elles sont belles. Visez la beauté, vous obtenez la fadeur, la mode, le cliché enrubanné, visez autre chose : la connaissance encyclopédique, le recensement systématique, l'analyse des structures, une bonne et saine marotte vôtre, une démangeaison mentale qui s'apaise quand on la gratte, vous obtenez éventuellement la beauté. La beauté n'est que de surcroît, éventuelle, imprévue, donnée aux amateurs, aux croyants impénitents.

*

Dans le livre :

Le guet-apens, c'est la technique favorite de l'araignée. Les araignées d'eau construisent un terrier couvert par une trappe de soie et d'excréments. L'araignée attend à l'intérieur du terrier dont la porte est close. Lorsqu'une proie convenable s'approche, elle jaillit de sa cachette et immole sa victime. Le terrier lui-même est une petite merveille d'architecture, une sorte de cornet, d'entonnoir soyeux, tu l'as observé longuement à la loupe et tu en as tracé un relevé minutieux. Quelle belle chose que le terrier, la maison cachée, l'anti-architecture, l'anti-sculpture, calquée sur l'organique. Ils ont fait de la peinture dite informelle, tu as fait de la sculpture informelle, des terriers, des nids. La forme est à l'intérieur. L'intériorité est leur essence. La forme est le contenu. Et il se trouve que le contenu est un contenant.

⋆

Fabriquer des guets-apens, des chausse-trapes, pour y prendre un peu d'amour, voilà à quoi tu passes ton temps. On ne peut pas dire que le résultat soit très probant.

⋆

Tu ne dors pas. Toujours l'insomnie fut ton amie. Une amitié houleuse, est-il besoin de le préciser. Quand les enfants étaient à la maison, tu allais les réveiller au milieu de la nuit. Pas de raisons que tu fusses la seule à ne pas dormir. Depuis que tu n'as plus personne à réveiller, tu gamberges, tu dessines. Au matin, il y a des dessins partout, sur le lit, sur le tapis... Jerry ramasse. On appelle ça les dessins d'insomnie. Ce sont des cris, des lettres d'amour ou de dépit.

Cher tel ou tel, Je vous écris aujourd'hui pour vous dire à quel point vous me manquez. Je n'attends qu'un signe de vous pour exister.

C'est le genre de lettre que tu devrais écrire chaque nuit quand tu ne trouves pas le sommeil. Mais tu ne le fais pas. Tu trouves plus simple de faire deux ou trois dessins qui hurlent en silence et de taire ta gueule.

*

Dans l'intention de la manger, tu avais épluché une pomme. Puis tu l'as coupée en morceaux. Puis les morceaux en morceaux ; et encore chaque morceau en plus petits morceaux. Quand ton assiette fut pleine de tout petits morceaux de pomme, tu as senti que tu ne pourrais pas retenir tes larmes, le cœur était trop gros, il débordait, tu as laissé tomber tes bras de chaque côté de ta chaise et tu as pleuré, pleuré, pleuré.

Jerry est arrivé sans bruit et il s'est assis à côté de toi. Il n'a rien dit, il t'a laissée pleurer. Puis, très doucement, il a dit : Ce n'est pas vous qui êtes dans l'assiette, ni votre père, ni votre mère, ni votre frère, ni votre sœur Henriette, ni vos cousins Jacques ou Maurice, ni aucun de vos enfants, vous n'avez coupé personne en petits morceaux, vous n'avez pas été une mère plus mauvaise que les autres, toutes les mères sont merveilleuses, vous n'avez pas été une fille plus mauvaise que les autres. Personne ne vous en veut à ce point et vous n'en voulez à personne à ce point, ces petits morceaux que vous avez coupés, c'est de la pomme, rien que de la pomme en petits morceaux et vous allez la manger parce que c'est précisément pour cela que vous l'avez épluchée et coupée en morceaux, et peu importe que les morceaux soient gros ou petits ou même très petits. Aujourd'hui, ce sont des morceaux pour une très petite fille, mais c'est une grande fille qui va les manger. Et l'une après l'autre, il t'a tendu des cuillerées de pomme en morceaux tout en essuyant tes larmes. Puis il t'a embrassée et tu l'as embrassé aussi et tu as pleuré à nouveau et il a pleuré aussi. Quelques instants plus tard, tu étais nue dans un bain chaud. D'une main, Jerry passait l'éponge sur ton corps, il était agenouillé, radieux, son visage de Christ sous ses longs cheveux. Tu étais calmée, tu as dit : On fait la toilette des morts! Mais c'était souriant, nullement agressif, reconnaissant. Il a dit : Nous allons nous coucher et nous allons dormir, tout ira beaucoup mieux demain. Il t'a enveloppée dans une grande serviette de bain, t'a frictionnée d'eau de

Cologne et t'a portée dans le lit, puis il s'est déshabillé entièrement et s'est allongé à côté de toi et t'a prise dans ses bras et vous avez pleuré de joie ensemble.

Le lendemain, de bonne heure, tu es descendue à l'atelier, Jerry dormait encore, tu sentais l'odeur de son corps sur toi, tu en étais tout environnée, tu as commencé à réunir des morceaux de bois provenant de diverses sculptures, des chutes de formes variées, tu les as empilés, collés, vissés, imbriqués les uns dans les autres jusqu'à former un curieux échafaudage, bien solide et donnant pourtant l'impression d'être à tout moment au bord de l'effondrement, plein de minuscules débordements, de surplombs, de porte-à-faux. Jerry est arrivé sans bruit. Tu as dit : Tu vois, on recolle la pomme. Vous avez ri.

Le lendemain, tu as écrit à Jerry :

1) Je t'aime

2) mauvaise fille mauvaise épouse mauvaise mère

3) c'est sans espoir
4) Qui a dit qu'il y en eut jamais ?
5) Tu me manques
6) mauvaise femme
7) mauvaise vie
8) où tout cela nous mènera-t-il ?
9) On s'en fout
10) Je t'aime

Tu as déchiré la lettre. Tu as écrit : Non coupable. Avec une bande de papier collant, tu as recollé la lettre. Tu as écrit 11) Non coupable Non coupable Non coupable. Tu as rangé la lettre dans un tiroir. Tout cela ne regarde que toi.

⋆

Et vous avez chanté :
*Je pense à vous quand je m'éveille*
*Et de loin, je vous suis des yeux*
*Je vous revois quand je sommeille*
*Dans un songe mysté-ri-eux*

*Le seul bonheur auquel mon cœur aspire*
*C'est d'obtenir un aveu des plus doux*

*Voilà voilà ce que je veux vous dire*
*Mais hélas j'ai trop peur de vous*

Souvenez-vous comme ça grimpe et ça s'étire sur le « ce que je veueueux vous dire ».

Et de même sur « brûlant » :
*Je veux je veux dans mon brûlant délire*
*Dire je t'aime en tombant à genoux*

Jerry fredonnait.
La midinette chante des bluettes…
À lui l'Opéra, à elle l'opérette.

★

Tu connaissais à peine Jerry alors, tout au plus l'avais-tu vu deux ou trois fois. C'est un fait, après la mort de Robert, tu ne sortais plus guère. Les enfants partis, tu errais dans cette grande maison. Elle n'est pas si grande, elle est un peu étroite, tout de même, avec ses trois étages, l'entresol, la cave et le grenier, maintenant tout cela est plein d'un franc désordre, mais à la mort de Robert, c'était simplement une grande maison dans laquelle tu errais comme tu errais en toi-même. Toi aussi tu étais une maison vide. On dirait les paroles d'une chanson, genre pathétique larmoyant, vous voyez, *Ne me quitte pas*, ou quelque chose comme ça. *Je suis une maison viiide...* ça me tourne dans la tête. C'est dans un film de Varda dont j'ai oublié le titre, voilà tu étais comme ça, désœuvrée, en noir et blanc, le temps passait, glissait sur toi. Que se passe-t-il ? Rien, le temps passe, c'est tout. Il était cinq heures, il est six heures, dans une heure il sera sept heures. Qu'est-ce que cela signifie ? Rien. Est-ce que cela te rapproche de ta mort ? Même pas. Est-ce que cela accroît ton expérience ? À Dieu ne plaise.

Jerry avait téléphoné, qu'il avait vu tes personnages des années quarante, qu'il préparait une exposition pour une galerie de SoHo, qu'il voulait y inclure une ou deux de tes choses en bois, qu'il y aurait aussi X, Y ou Z, qu'il aimerait venir à l'atelier pour choisir. L'atelier. Pas d'atelier. Tu as dit : Je n'ai pas d'atelier, j'ai une grande maison vide que je remplis de petites émanations, de petites élucubrations branlantes qui s'élèvent tant bien que mal au-dessus du sol pour me tenir compagnie. Tu as dit : Oui, venez.

La première entrevue a été glaciale. Tu étais terrifiée. Lui aussi. Tu t'étais déguisée de façon invraisemblable, tu avais ressorti une vieille robe de Poiret noire et blanche qui puait la naphtaline et là-dessus avais vissé ta vieille casquette bleue, comme un heaume médiéval pour te protéger des coups de massue du chevalier blanc qui allait arriver.

La casquette, rien de tel pour se planquer, faire diversion, tromper l'ennemi. *Z'avez-vous vu le nouveau chapeau de Zozo ? C'est un chapeau, un chapeau rigolo. Sur le devant la la la trois plumes de paon ; et sul' côté un amour d'perroquet.*

Il a bafouillé quelque compliment. Tu as dit : Choisissez ce que vous voulez, ce n'est pas mon affaire, tu as fait mine d'être occupée, en fait tu as complètement détruit une sculpture en la limant à tort et à travers pendant tout le temps qu'il était là. Tu ne l'as pas raccompagné à la porte, tu as dit : Vous trouverez bien le chemin.

Il l'a trouvé. Si bien qu'il est revenu. Enlever les sculptures choisies, donner des nouvelles de l'exposition, apporter une coupure de presse, voir si tu n'avais besoin de rien, dire bonjour, proposer ses services, il irait chercher du matériel, s'occuperait de faire livrer les blocs de marbre, et le samedi il t'emmènerait chiner au flea market. Il est venu chaque jour jusqu'au jour de la pomme. Et la vie a pris un cours nouveau. Tes fils ont modérément apprécié. N'attendaient qu'un prétexte pour prendre leurs distances. Grand-mère peu recommandable. On s'en était toujours un peu douté. Puis ils ont dû se dire que cela les dispensait de se faire du souci pour toi. Tu étais prise en charge. Vita Nova. Un sursis.

⋆

Je suis la bonne
La bonne à tout
La bonne à tous
La bonne à tout faire
La bonne à rien

D'abord on épouse
Ensuite on époussette
Puis on pousse les poussettes

Fille de
Femme de
Mère de
Merde
Merde
Merde

J'ai donné. Puisque la vie me fait crédit, c'est mon tour. Je suis le chien de Jean Nivelle qui s'en va quand on l'appelle. Je trace ma route. Comme disait la petite Sagan de la maîtresse de son père : Elle m'empêchait de m'aimer moi-même. Fini. On se reprend en main. Avec les frustrations on fait des sculptures. Détruire, réparer, raccommoder, rafistoler, il y a de l'amour là-dedans. Ce qu'il faut c'est contrôler la situation. C'est une sorte d'équation : d'un côté la douleur, l'inquiétude, la frustration, de l'autre côté la matière inerte, bois, marbre, bronze. Il faut faire pénétrer l'une dans l'autre, coûte que coûte. Et avec les sculptures on tisse des liens. Tout est affaire de tissage. Le mensonge, la vérité… fil blanc, fil rouge.

*N'vous mariez pas, les filles, n'vous mariez pas*
*Changez d'amant quat'fois par mois*
*Restez pucelle chez votre papa*
*Mais ne vous mariez pas*

⋆

Alors vous avez trouvé cette fabrique de vêtements à Brooklyn, qui était tombée en faillite… Enfin un grand espace. Pour une bouchée de pain. Tu l'as prise en l'état, quel chaos, avec les machines à coudre, les mannequins, les pièces de tissu, les meubles, les étagères. Enfin tu respirais au milieu de tes propriétés. Le chaos, ça se contrôle. Récupérer, réutiliser, incorporer, recycler. Avec des épaves de la vie, on met de la vie dans l'art et l'art met de la vie dans la vie. On y a transporté toutes les sculptures qui étaient ici ou là dans des caisses. Vous y avez recréé un beau capharnaüm avec les marbres, les bronzes, les bois, les résines, les cumuls, les terriers, les maisons, les Janus et toutes ces choses que tu n'avais plus vues depuis si longtemps.

Tous les matins, Jerry prenait la voiture et vous alliez à Brooklyn. En chemin vous chantiez :

*Allons à Brooklyn pêcher la sardine*
*Allons à Manhattan manger la banane*

Les années Brooklyn, tout un chapitre. Une friche. Vous déjeuniez dans une misérable pizzeria à deux blocs de là. Enfin tu pouvais voir grand, faire des araignées entre les pattes desquelles tu te sentais toute petite, protégée. Des cellules, comme des chambres, avec leurs secrets bien gardés. La chambre des parents, rouge. Jerry avait trouvé ce brocanteur qui nous fournissait de vieilles portes, grilles, lambris, provenant de bureaux qu'on avait rénovés.

*

Araignées, araignées, tu ne te lasses pas d'en faire de nouvelles, de plus grandes. Plus démesurément maternelles.

Une note dans le livre :

Certaines araignées bâtisseuses de toiles se reposent sur le côté de leur ouvrage. Elles y sont mieux dissimulées bien qu'elles soient parfois loin de leur proie. D'autres espèces se reposent au centre de la toile, elles y sont plus exposées à la prédation mais elles demeurent à proximité des proies éventuelles.

Quelques espèces de Théridion et Tetragnatha se reposent au centre de leur toile mais se dissimulent habilement sous une feuille ou une brindille qu'elles lient à la toile par quelque fil afin que le premier coup de vent n'emporte pas leur astucieux camouflage.

Un jour, je me suis dit : Tu peux toujours tailler le bois, pétrir la terre ou polir le marbre mieux que personne, à quoi cela sert-il si tu ne racontes pas ta propre histoire ? De belles sculptures gratuites, idiotes, vaines, inutiles, si tu n'y mets pas ton histoire ; de ridicules prétentions de marbre ou de bronze, faisant briller leurs angles ou leurs rotondités à la lumière, rien de plus. Ton histoire. Grande histoire, petite histoire, qu'elle concerne tout le monde ou seulement quelques-uns, comment peux-tu prétendre intéresser quiconque à ton petit taillage ou polissage ou pétrissage obsessionnel s'il ne raconte pas une histoire qui te soit propre. Mais attention. Ton histoire n'est pas celle qu'on t'a racontée. Celle qu'on a voulu à tout prix te faire accroire. Nous sommes des récits, des strates de récits, nous sommes l'entrelacs, le tissu des récits racontés par les autres, les parents, les aînés. Chacun y va de son petit témoignage, fort de cette énorme bonne foi dévastatrice de celui qui peut se targuer d'avoir été là. Nous sommes ce que les autres disent que nous sommes. Notre nom agrège peu à peu des bribes d'être.

Or il s'en trouve, enfants ou enfants devenus adultes mais restés obstinément qui ils furent, qui regimbent. Ils contredisent, ils nient. Qui vous a permis de parler en mon nom ? Surtout pour affabuler. Car rien ne s'est vraiment passé comme vous dites. Alors ils s'attellent à la tâche de donner leur vérité. Ils conjuguent imagination et mémoire pour construire leur version des faits. Nous n'avons pas vécu la même chose. Cette histoire que vous dites, je la connais pour l'avoir déjà entendue, trop, je ne la connais que trop, mais ce n'est pas la mienne, ce n'est pas mon histoire. Car il faut être précis ou s'abstenir. On ne saurait jamais être trop précis. On ne saurait se contenter de généralités floues et d'assertions péremptoires. Rejoue-nous la scène capitale, reprends l'avantage.

Prends ta vie dans tes mains, ton passé t'appartient, casse le discours ambiant, crache dans leur soupe au demeurant déjà peu claire. Tisse ton monologue, ma fille, voilà ce que je me suis dit.

L'humanité se partage entre obsessionnels et hystériques, disait Père en tirant sur son cigare d'un air pénétré. Il avait, vous l'aurez remarqué, une certaine propension aux opinions définitives sur tout et rien, curieusement, il échappait lui-même à la règle qu'il édictait pour les autres. Bon vivant, hâbleur, sûr de lui, flegmatique et peu enclin à la mélancolie. L'incarnation de la norme mâle. Peut-être voulait-il dire : la pathologie humaine se divise en obsession et hystérie, lui-même étant la santé exemplaire ?

Toi, tu es tombée du côté de l'obsession. Obsessionnellement, tu collectes les facettes de l'hystérie, l'hystérie te fascine, tu ne te lasses pas de lire à son sujet, d'en observer les effets, d'en déceler les traces. Chez toi et chez les autres.

Les anciens croyaient que l'utérus à qui n'est pas donné ce qu'il désire s'indigne, s'échauffe et se déplace dans le corps de la femme comme un animal en cage, oppressant tour à tour les autres organes. Les bouffées de chaleur, les suées intempestives, les palpitations du cœur, les nœuds dans la gorge, l'assèchement de la bouche, les spasmes, n'auraient d'autre origine que le chahut interne d'un organe affamé. Afin de persuader l'organe agité de reprendre sa place, on tentait de l'attirer par des vapeurs de parfums doux et suaves. On asseyait la malade sur des draps humides parfumés de myrrhe. On tentait de faire pénétrer entre ses jambes des fumigations aromatiques. Une figurine phallique était placée sur le charbon de bois odorant dont les vapeurs devaient pénétrer la vulve de la patiente. Impatiente patiente...

Dans la crise, le corps devient sculpture, les yeux révulsés, les poignets tournés vers le dehors, les pieds vers l'intérieur, une statue de douleur vive.

J'ai visité le musée des moulages à la Salpêtrière, ces sculptures prises sur le vif, un poignet, une jambe, un torse sans tête, la crampe exemplaire, un arc entier, corps tendu dans la crispation, moment fixe de la contorsion.

Je me demande si elle est heureuse. Vous entendez ? Je me demande si elle jouit. Dans la crise. Si elle jouit de l'amant fantôme. Si elle est bienheureuse. *La bienheureuse.*

Pour l'extase mystique, l'affaire est entendue. Peintres et sculpteurs s'en sont donné à cœur joie : Madeleine tête renversée, Agathe les seins sur un plateau, Thérèse toute retournée dans les volutes figées du marbre, Caravage, Bernin, Lequeu, Nous aussi nous serons mères, disait-elle en dévoilant une poitrine rebondie sous le voile, les voilà en cortège, les exaltées, les hallucinées, les languissantes, les stigmatisées, les béates, les pâmées, les yeux noyés, les grabataires, les possédées, les mortes d'amour pour Dieu-le-Père, les fiancées de Jésus-ne-me touche-pas, elles jouissent, ça ne fait pas de doute – mais de quoi ? Allez savoir... La science infuse, l'intérieur extériorisé, la vie dans les plis et les surplis avec larmes de lait.

Mais soudain, au XIXe siècle, tout change. Fini les saintes lubriques. La grande figure des apparitions n'est plus Jésus, l'époux mystique. Il est supplanté par sa mère, bonne et sévère, figure de la remontrance, inspiratrice du catéchisme ambiant, et elle n'apparaît guère qu'à des enfants incultes dans des grottes ou des antres à l'écart des foules incrédules. Dans son manteau bleu de reine, la Bonne Mère prend le pouvoir, la société bourgeoise s'enfamille, la foi s'infantilise, c'est Lisieux et le Sacré-Cœur, expiant les crimes de la Commune. Thiers, MacMahon, Pétain-Laval, droite ligne. Basiliques de saindoux pour vitrines de tripiers normands. Dans le même temps, on boucle les extatiques surnuméraires à la Salpêtrière, comme la girafe de Charles X au Jardin des Plantes, de l'autre côté du boulevard. À l'occasion, on les y liquide en masse, comme on exproprierait un îlot insalubre. Bientôt, la Science débarque et la Photographie, on met en fiches anthropométriques la douleur morale. Berthillon, Lombroso et consorts. Mais tout ça n'a pas d'importance si elle est *heureuse*.

Des questions. Tu fabriques des questions. Des questions en bois, des questions en fer, des questions en marbre. C'est ça qui compte.

Est-elle heureuse quand son corps s'arque ? Cela te comblerait de le savoir. Voilà une saine question. L'orgasme dans l'arc… les yeux révulsés, les pupilles dilatées, ils disent le regard tors, les fesses serrées, pubis haussé, en offrande, bouche bavant. Mimant le manque d'amour. Il n'y a plus d'amour, dit-elle. Il n'y a jamais assez d'amour. Mais est-elle heureuse dans la contracture, voilà ce que tu voudrais savoir. Est-ce que sa joie s'écoule ? Liquide précieux. Il n'y a pas d'amour, seulement des preuves, disait l'autre. Allez, des preuves ! Abattez votre jeu !

Il y a longtemps que tu n'attends plus les réponses. On peut aussi sublimer les manques. Tant qu'à faire…

*

Ce qui te fait vomir :
Le pas des patineurs à la radio
L'odeur de l'eau de Cologne
Anatole France
La Suisse
Les sports d'hiver.

Ce qui te réjouit :
Le feu. Tu pourrais mettre au feu même tes sculptures pour le plaisir des flammes qui dévorent tout. Il ne reste que cendres, vide et silence. Le bonheur.

*

À qui est la main de marbre qui sort du bloc de pierre ? Qui se dresse pour faire signe. À quelle noyée dans l'océan ? Heureuse ? Dans l'indifférence, océan de pierre. Indifférence de marbre. Il est resté de marbre, on dit ça en français, ici : *poker face*. Muet comme une carpe, sourd comme un pot. Tu aimes les expressions consacrées. Longtemps, le monde est resté de marbre à ton égard. Et puis, peu à peu, tu as réchauffé le marbre en lui posant des questions inconvenantes. Entendez-vous les cloches ? C'est Pâques. On cherchait dans le jardin les œufs que Grand-Mère y avait cachés. Pas des œufs en chocolat, de vrais œufs de poule qu'elle faisait cuire et décorait au pinceau. Nous n'osions pas les manger de peur de casser leur belle coquille de toutes les couleurs. Des cloches tintent dans ta tête, cloches d'enfance. Non, c'est Tchaïkovski, *Ouverture 1812*, à la radio, cloches de Moscou fêtant la débâcle française sur fond de *Marseillaise* désaccordée. De marbre à mon égard. Bien peu pour ne pas dire aucun. Sans égards. Sans le moindre égard, voilà qui est plus conforme à la vérité. Jamais d'autres égards de la part de quiconque que ceux que tu auras toi-même conquis, imposés. Sans égards. Égarée. Lâche pas le fil, ma fille !

Alors, heureuse ? Permettez qu'on en doute. Mais que le doute profite à l'accusée. Jerry, qui t'a tout donné de lui, t'a aussi prêté son corps pour un moulage. Grandeur nature dans la position de l'arc, son corps longiforme androgyne. Tu as coupé la tête et gommé quelques détails. On n'est pas tenu de tout dire. Ça va encore jaser. Du plâtre, on fera une fonte d'aluminium. Tu as passé des heures à poncer le plâtre au papier de verre de plus en plus fin. Il faut qu'il soit impeccablement lisse. La perfection masque les sentiments. La confusion des sentiments. L'aluminium sera poli en sorte qu'on puisse se voir dedans. Un miroir. C'est là que le dialogue commence, la sculpture est plus grande, dès lors qu'elle s'enrichit des reflets, le spectateur en fait partie, c'est du théâtre, tout se complique. Le miroir des illusions. Attendez, ceci encore : Oui, je lui ai coupé la tête, eh bien quoi ? J'ai bien le droit, non ? C'est ma sculpture. Ils sont formidables, personne ne s'intéresse à quoi que ce soit, vous passez sans me voir, et en même temps on s'arrête pour dire : Ah vous n'auriez pas dû faire ça, il ne faut pas couper les têtes, les têtes c'est pas fait pour être coupé. Et quoi encore ? si je veux que mon hystérique en arc soit tout le monde, il faut bien que je lui ôte la tête de Jerry. Et puis c'est la loi : Tous les Holophernes auront la tête tranchée ! C'est la loi, et avec la loi, on ne transige pas.

Je n'en ai pas fini. Je suspendrai le corps arqué par son nombril à un câble, afin qu'il tourne lentement sur lui-même. L'apaisement. La joie dans la giration éternelle. Tête absente. Sans contrôle. Chacun son orgasme. Ils la regarderont avec considération, avec sidération, c'est sûr. Un peu d'égards, je vous prie, un peu d'égards pour la statue. Pour la pauvre chose statufiée pendue par le nombril qui tourne sur elle-même et s'offre aux regards en dérobant son secret. Égards, regards. Vous ne saurez pas si elle fut heureuse. Moi, j'ai mon idée. On ne me l'enlèvera pas.

Vous ne saurez rien. Mais la question reste posée. Charcot ne nous en a rien dit. Ni Sigmund Freud, de passage, à qui il dédicaçait ses œuvres, « Au docteur Freud, meilleur souvenir de la Salpêtrière ». Et l'autre, rentré chez lui, à Vienne, grosse maison bourgeoise Jugendstil, classant le livre au rayon Gai Paris, derrière les statuettes crétoises. Alors moi, je repose la question et je vous la lance à la figure, poliment. Mirez-vous dans le poli du corps androgyne et acéphale de Jerry-tout-le-monde, pendu par le nombril dans une oscillation définitive et posez-vous la question.

*

Dans *Le Livre de l'araignée* :

Quelques espèces de Cyclosa et d'Uloborus ajoutent à leur toile une ou deux araignées factices faites de soie et de restes de proies, élytres ou résidus chitineux qui n'ont pas été consommés, elles façonnent, elles sculptent une sorte de double d'elles-mêmes, similaire par la forme et la taille, et le placent bien en évidence sur la toile afin que l'éventuel prédateur attaque de préférence ce leurre. Ah, c'est ma préférée, celle-là. L'araignée sculpteur… qui se fabrique des substituts. Vieilles comme le monde, les stratégies d'autodéfense.

*

La survie du plus apte, disait Darwin. Toi, tu t'intéresses à la survie de l'inapte, aux stratégies du handicapé, à la victoire de la tortue sur le lièvre.

Tu as lu dans un livre l'histoire d'un homme qui faisait des parties de billard tout seul. Contre lui-même. Il appelait ça la partie du valide contre le manchot. Le valide jouait un coup normalement, l'homme lui répondait en n'utilisant qu'une seule main.

Un jour, le manchot a gagné.

L'homme n'a pas dessoûlé de trois jours et n'a plus jamais joué au billard.

Voilà, il faut faire avec. Ses manques, ses faiblesses. Notre inhabileté fatale. Prendre à rebours les handicaps. La survie, c'est une affaire de survie, mais la survie du moins apte. Faire mentir Darwin. La Fontaine en connaissait un rayon. Chercher au plus profond. L'énergie du désespoir. La stratégie de l'assiégé. Confiance à la faiblesse ; d'échec en échec. *Fail better*, disait le condor bilingue. L'expert en décharné. Il a peut-être poussé un peu loin le dénuement, celui-là. Que reste-t-il quand on a tout ôté ? Une petite musique. Jouée sur un os percé. Du bout des lèvres. Les Beaux Jours. L'Heure exquise…

*Que reste-t-il de nos amours*
*Que reste-t-il de ces beaux jours*
*Une photo, vieille photo*
*De ma jeunesse*
[…]
*Que reste-t-il de tout cela*
*Dites-le-moi*

Il y a les artistes qui se fondent sur leurs dons, les exploitent, les poussent, les contrarient. Quoi qu'ils fassent, ils sont doués. Qu'ils l'acceptent ou qu'ils le refusent, c'est le même. Et ceux qui s'appuient sur leurs inaptitudes, leurs incapacités, leurs faiblesses, parce qu'ils n'ont pas d'autre choix. Ce qu'ils produisent n'aura jamais cette souveraineté, cette évidence, cette hauteur définitive qui est la marque des premiers quand ils sont grands.

Les inaptes ne s'aiment guère. Conséquemment, il est rare que leur production les comble d'aise. Il s'ensuit qu'ils redoublent d'ardeur pour inconsciemment fuir le succès quand il se profile et qu'ainsi leur œuvre s'en trouve protégée. Elle garde plus vivant le pouvoir de toucher, de parler, c'est une éventualité remise à plus tard. Or c'est dans ce plus tard que réside leur force.

*Plus tard* peut fort bien n'arriver jamais, mais il garde un potentiel que *tout de suite* a bientôt épuisé.

Voilà pourquoi certains parmi les inaptes, rassurez-vous, pas plus nombreux que chez les surdoués, ont de beaux jours de revanche devant eux. La victoire du manchot n'est jamais exclue. Quand elle survient, elle est touchante, troublante, proche, parce que c'est la victoire de la faiblesse.

★

Tu te regardais dans la glace. Tu te trouvais flétrie. Tu avais de la tendresse pour ce ventre flasque qui était celui de ta mère. Tu le reconnaissais : ton ventre était celui de ta mère t'ayant lâchée dans le monde. Tu te sentais si petite. Petite Maman. Si nous n'exterminions pas farouchement, sans pitié, tout souvenir de nos trois premières années, nous serions écrasés par la conscience de la petitesse. La petitesse nous serait à jamais consubstantielle. La moindre main tendue nous ferait pleurer de reconnaissance. Tu n'es pas écrasée, tu as coupé toutes les pousses de l'écrasement. Par moments, tu te sens ivre de petitesse, tu ne rêves que de t'abandonner à une mer assez forte pour te porter. J'ai dit mer sans même y penser. C'est bien ce que j'ai fait, Mère m'ayant abandonnée, je me suis littéralement jetée à l'eau ; d'abord la Bièvre dont j'ai réchappé (Père, toujours le beau rôle, a joué les Superman), puis l'océan. Qu'il te ballotte, qu'il te submerge. Tu as échoué là : Manhattan, vieille île indienne entre deux rivières sous un ciel inclément mais si vaste qu'il semble fait pour accueillir tous les éclopés de la terre, tous les inaptes qui trouvent dans l'énergie du désespoir une stratégie de survie et qui s'accrochent. Qu'ils acceptent seulement d'y prendre racine. Il faut pour cela brûler ses vaisseaux, même les vaisseaux qu'on n'a pas, larguer les amarres, accepter la dérive, prendre le risque que le rêve américain vire au cauchemar. Et alors seulement, peut-être, ça repousse. Timidement, pas au premier ni au second printemps, un jour, un rameau.

Tu as dessiné ce rameau avec de l'encre rouge. C'est toi. Il est ridicule mais il pousse. Il dit : Regardez-moi comme je pousse. Il est comme un enfant, un rejeton, l'enfant sur une balançoire ou un toboggan qui dit : Maman, regarde !

*

Tu n'as rien contre le phallus, c'est une forme que tu aimes. Tu ne souhaites que le protéger, c'est un enfant lui aussi, c'est un nouveau-né, nu, seul, perdu, qu'il faut choyer, caresser, bercer. C'est ton enfant, c'est toi enfant. Avec du latex et des résines, tu as modelé un objet qui lui ressemble. Personne n'y a rien compris. Il est suspendu à un croc, aucune agressivité dans tout cela, il est protégé, c'est tout, hors d'atteinte, au-dessus de tout soupçon. Je l'ai baptisé *Fillette*. Personne ne te prend au sérieux quand tu dis que c'est un autoportrait, un fétiche, une amulette. Tu le protèges, il te protège, tu te protèges. Les gens ne comprennent jamais rien aux intentions pures. Faire échange d'intentions pures est pourtant le plus beau métier du monde.

*

Rien à voir avec les allusions grivoises dont Père était familier. Un privilège du mâle, cette bonne grosse vieille bonne conscience qui s'étale.

Après la guerre, il vivait allègrement son veuvage, il venait seul à New York et nous emmenait, Robert et moi, dans les cabarets où il reluquait les filles sans la moindre gêne devant nous. Col cassé et nœud papillon noir, en représentation de lui-même. Et toi, tu faisais partie de son paysage, il t'avait eue. Fille, tu étais comme une de ces filles. À toi la honte, à lui la pavane.

Dès que tu fus une jeune fille sur qui les hommes se retournaient, il t'acheta des chapeaux, des chaussures à talons, des étoles de fourrure, de la lingerie fine. Il voulait que tu t'habilles comme une poule. Que tu déambules comme une poule. Qu'on te regarde comme une poule. Qu'on te prenne pour sa poule. Et toi tu voulais tout le contraire, tu voulais avoir l'air d'une étudiante sérieuse, ou bien d'une femme indépendante, genre professeur, lunettes, chignon, tailleur gris... Tu aurais même accepté d'avoir l'air d'une artiste ou d'une sainte, mais d'une poule, non! Cette idée te faisait vomir. Il te disait : Pourquoi ne mets-tu pas le chapeau que je t'ai rapporté? Essaie-le, qu'on voie un peu comment il te va. Tu faisais des essayages, tu défilais devant lui, il jaugeait, enfoncé dans son fauteuil, comme le client devant le cortège des filles au bordel.

Et toi, à quatre-vingts ans passés, tu n'en as pas fini, tu abuses d'un enfant qui cherche sa mère. Tiens, tu as finalement fait des dessins pour la Duras, on va les montrer au Récamier. Pas tant pour elle que pour son petit Ernesto de *La Pluie*, un ange du ciel celui-là. C'est son jeune ami qui nous a écrit. Puis il est venu. Il ressemble à Jerry. Ils se sont mis d'accord.

Marguerite, elle a du coffre. Un sens du tempo. Tu aimes sa façon de laisser le temps filer entre deux mots pour leur donner du corps, une résonance. Elle connaît son affaire. Tu l'as vue dans l'émission de Pivot qui passe ici sur le câble. Jamais tu ne la loupes.

Le balancier de la pendule résonne dans le silence. Tu la remontes fidèlement, poids-contrepoids. Une image du temps. Tu comptes les heures, les minutes, les secondes. Pas les années ! Tu as dessiné une pendule de vingt-quatre heures. Plus proche de la vérité que cette remise à zéro au bout de douze. Tu comptes les heures qui te séparent de lui, cet enfant aux cheveux longs qui est entré dans ta vie un peu par effraction et n'en est plus sorti.

Dix heures, c'est l'heure où il arrive. Le Messie matinal. Tu attends dix heures comme une midinette son premier bal. Il te tend la main. Tu lui tends les mains. Les mains peuvent se tendre à l'infini.

C’est fou ce qu’on a le bras long quand on aime.

Que veut la femme, demande Freud. Elle veut que l’homme la veuille. Avec un puritain – mais Freud l’était – c’est un peu plus complexe, un peu plus amusant aussi, vouloir et désirer ne sont plus le même mot, n’ont plus le même objet. Je désire que ma volonté s’oppose à mon désir, dit le puritain. C’est cela qui le fait jouir, placer la barre toujours un peu trop haut.

Tu aimais les puritains. Tu les aimes toujours, tu aimais leurs défenses, leurs barrières. Ah… les faire tomber est le grand jeu. Mais pas trop. À vrai dire, pas de danger… trop, connaissent pas. Le puritain n’est pas l’homme du trop mais celui du peu. C’est ce retrait en soi qui chez eux t’attirait. Robert n’a pas eu à bouger le petit doigt, tu as dit oui à une question qu’il n’avait pas posée. Tu n’as même pas réalisé que tu épousais avec lui le passage pour l’Amérique. Tu épousais le non-père. Qui t'a quand même fait deux enfants. Sans trop l'avoir voulu, d'ailleurs. Au passage, puisqu'il est question de passage, je lui ai quand même fait un enfant dans le dos comme ils disent si élégamment. Je voulais bien quitter la France à condition d'en emporter une miette : cet orphelin que nous sommes allés choisir pour lui donner une famille et qui nous a rejoints par bateau quelques semaines plus tard. Équipage et passagers l'avaient adopté durant la traversée, si bien que lorsqu'il nous a vus sur le quai à New York, l'attendant, la désillusion pour lui a commencé.

★

Les fruits de Père sont émouvants. Détachés du corps comme la poire sur l'arbre. Suspendus, sujets à l'oscillation. Cette capacité de retrait, comme un animal apeuré, la tête de la tortue. Et si parfaitement faits pour la main, pour la bouche. Cette éclosion, ce surgissement dans la parade.

Tandis que les fruits de Mère sont attachés au corps par toute leur surface. Ils constituent le corps. Tu viens de faire une série de dessins, des corps entièrement formés de seins pressés les uns contre les autres. Un essaim de seins, chacun tendu vers son extrémité, le bouton, dans le don de soi. Une myriade de mamelons, ils occupent tout le corps, devant, derrière, en haut, en bas. Une colonne de seins dressés, un arbre à seins. Chacun aspirant à être aspiré. Les fruits de Mère sont beaux. Il y en a aussi de plus secrets, cachés dans les replis. La vie dans les plis. Quand nous étions rue Daguerre, en 1950, tu es allée voir Michaux. Il se planquait un peu dans son arrière-cour mais finalement n'était pas si farouche. Il avait cessé d'écrire et faisait ces grandes encres noires tachistes. Tu aimais sa réserve, enfin quelqu'un qui ne pontifiait pas. Il faisait l'inventaire de ses biens imaginaires. Mes propriétés.

*

Les plis. Avec un vieux pull piqué à Jerry, trempé dans le plâtre, tu fais des plis. Des personnages grandeur nature qui ne sont que plis intimes, révélés et dérobés, dégoulinants. Une tribu entière a surgi du vieux pull de Jerry. Ils te ressemblent. Un abandon qui se redresse, une ultime érection.

*

Tu observais la mésange pendulière occupée à construire son nid. Avec de la paille, de la boue, des toiles d'araignée, elle suspend à un rameau de peuplier ou de saule une sorte de bas avec une petite ouverture ronde sur le côté. Le paysan provençal l'appelle *Lou débassaire*, l'oiseau qui tricote des bas.

La fauvette construit son nid en pliant une grande feuille suspendue dont elle coud les bords avec des filaments végétaux.

Le tisserin noue et tisse des brins d'herbe autour de brindilles pour construire un nid semblable à un panier.

Tu es comme eux, fébrile, assemblant des brindilles. Qui dira que coudre n'est pas sculpter? Que tisser n'est pas sculpter? Et filer, et creuser, et nouer, et nidifier... Faire advenir quelque chose où il n'y avait rien, c'est sculpter. Transformer un vieux pull mou en personnage dressé quoique dégoulinant, plein de cavités mystérieuses, c'est sculpter. Il y a en toi un petit animal agité qui fait sa pelote, inlassablement.

Mère Pisaura, Mère à baldaquin, Mère Cyclosa, Mère Uloborus, Mère Theridion, Mère Tetragnatha. Mère Louison, vieille filandière, je te reconnais entre toutes et je te bénis.

*

Ce n'est pas Joseph Ignace Guillotin qui donna naissance à la guillotine, mais un certain Antoine Louis, d'où son surnom initial de louisette. Guillotin n'ayant fait que convaincre les révolutionnaires d'y recourir abondamment, quelques années après son invention, lui laissa tout de même son nom. Pourquoi lui va-t-il si bien, ce nom ? On se le demande. Question de consonance. Quand le sens va se nicher dans le son… c'est cela, une forme. L'amorce d'une sculpture.

La guillotine est une forme, ça c'est clair. Une forme comme tu les aimes, à la hauteur de l'hélice et de la roue de vélo. Une forme tranchante, une forme définitive. Tu te demandais ce qui ne marchait pas avec cette maison, la maison de Choisy dont tu avais fait une réplique en plâtre, puis en bronze, d'après les photographies qui te restent. Une réplique exacte. Mais quelque chose n'allait pas. Tu as posé la guillotine devant la maison, et devant la guillotine, un grillage et le tour est joué. Le problème est réglé. Plus de discussion. Louisette, fossoyeuse du passé. Quel était le problème, disiez-vous ? Trancher, il fallait trancher, c'est fait. Louisette s'en charge.

★

La joie que nous avions en découvrant un nid dans la haie. Ta préférence allait aux nids en terre, boue séchée mêlée de paille. Les oiseaux ont inventé le pisé, l'adobe dont les Indiens firent leurs maisons au Nouveau-Mexique, les Dogons le savaient, ils n'ont eu qu'à les imiter.

Et le petit miracle d'y découvrir deux ou trois œufs. On s'en écartait alors précautionneusement, on remettait en place les rameaux qui les masquaient. Nous tentions de faire en sorte de n'avoir jamais été là par crainte de perturber la mystérieuse maturation à l'œuvre dans ces petites bulles blanches ou tachetées.

À l'automne, nous cherchions les nids abandonnés. On y trouvait souvent des fragments de coquille des œufs éclos. Tu les alignais sur le muret et cherchais à nommer l'espèce.

Les formes pures ont des intentions pures. L'intention de l'œuf, c'est de donner la vie. C'est un fait. L'intention du nid, c'est de protéger l'œuf.

Tu aimes les œufs. Forme pure. Bachelard n'y est pour rien. Ozenfant, Corbu, peut-être oui. À ta manière, tu es une puriste. La puriste et le puritain, une belle aventure.

Ce qui est tout de même très extraordinaire, et d'une certaine façon admirable, chez Bachelard, c'est son goût très sûr pour les mauvais poètes, les pires phraseurs, les gigolos de bal musette, qui roulent des épaules casquette sur l'œil et mains sur les fesses en nous la chantant façon java, les bluettes d'instituteurs charentais en charentaises style retour à la terre et vraies valeurs maréchal nous voilà.

Bachelard, vieille baderne, faux mage, barbe fleurie, gueule de bon Dieu sans confession, Charlemagne des philosophes. Tu ne peux plus faire un geste sans qu'on t'affuble de ce faux nez. Les Français surtout. Ils vous ignorent pendant cinquante ans, et quand ils s'aperçoivent que vous existez, ils prétendent vous expliquer ce que vous avez fait, Bachelard à l'appui. Que le corps est une maison et la maison un corps, merci, merci. À sa décharge, il a su parler du nid.

Au moins avec les Américains, vous pouvez être tranquilles de ce côté-là. Ils sont incultes. Ils ne passent pas leur temps à vous assener les mêmes vieilles lunes d'emprunt. Au contraire, ils s'émerveillent. Ils voient tout pour la première fois, c'est rafraîchissant.

*

Adolescente, tu avais développé une passion pour la géométrie. Assister mentalement au déroulement d'une courbe, à la révolution d'une sphère, à l'intersection d'un plan et d'une figure, cela te remplissait d'aise. Tu aimais avant tout le caractère abstrait, dénué d'affectivité, de passions cachées, de la géométrie. Et aussi sa sécurité, tout y est prévisible, un code que rien ne perturbe, le bonheur. Et puis c'est un domaine qui échappe à l'autorité. Paternelle, professorale, sociale...

A raison celui qui a fait la bonne démonstration. Point. Pas de chantage. Tu aimais même les mots de la géométrie : bissectrice, tangente, perpendiculaire, spirale, des jolis mots déliés, sculptés.

*

À l'Académie, il y en avait toujours un qui vous troussait des trucs bien léchés du premier coup, à main levée, sans repentir, impeccable. Tout le monde en bavait. Par-derrière, les jaloux disaient : « Il a le compas dans l'œil, mais la règle dans le cul. »

*

Plaisir des rotondités : avec un gros pinceau gorgé d'eau, humidifier d'abord le papier puis y tracer à la gouache rouge d'amples mamelles. La couleur s'enfonce dans l'eau par des chemins imprévus. Il y a des formes qui inquiètent et des formes qui rassurent. Tu pratiques les unes et les autres. Plaisir de l'humide.

Environné de mamelles gonflées de bienfaisance, un enfant hurle. Il est perdu, il est rouge de colère, de désir inassouvi. La soif d'amour est inextinguible. Voilà l'affaire, on ne s'en remet pas. Qu'est-ce qui peut bien sortir d'un vide? Un enfant. Tu es une parturiente vidée. On fabrique de petits miroirs. Pour qu'ils s'y voient tels qu'ils sont. Voilà tout. Tu es devenue fabricante de petits miroirs. Ne vous y trompez pas, cela ne reflète que vous, vos sales petits secrets.

Et l'enfant rouge s'époumone dans les rotondités. Alléluia les collines.

Mère, pourquoi m'as-tu abandonnée. C'est l'éternel refrain. Phraséologie christique. Vous voyez, on retombe toujours dans les expressions consacrées. Et pourtant, tu n'es pas bigote, Dieu sait. On détourne un peu, c'est tout. On transpose, on inverse, on questionne les formes. Comment sculpter une absence? Faire advenir une présence, déjà ce n'est pas simple, mais une absence? La suggérer... par la tension alentour. Tout une affaire.

Et lui, toujours hâbleur : Je suis comme saint Thomas, je ne croaa que ce que je voaa, ouah ouah. Le doigt dans la plaie, comme sur ce Caravage qui est à Saint-Louis-des-Français. En voilà de l'amour, viens mon petit Thomas, mets-le-moi bien ton doigt, tu sens comme c'est chaud? Le corps du Christ, et l'odeur du sang, ça te plaît? Alors maintenant tu y crois, hein? Tu vas pouvoir le raconter partout. Et à ce moment-là, hop, il disparaît. À vous de vous débrouiller maintenant avec les présences qui sont des absences et qui saignent. Une *Histoire de la chair en peinture*, trois volumes, une histoire de sang et de larmes, une histoire de peinture qui coule, des pieds, des mains cloués, du flanc percé, sur fond de ténèbres. Incarnez-moi ça, disait Maillol. C'est toute l'affaire. On n'en sortira pas. Même les photos de Serrano à la morgue baignent dans le sujet. Tu es née un 25 décembre, est-ce que cela ne donne pas quelque disposition à l'incarnation ?

Mais pour lui, le grand géniteur en chef, c'étaient des considérations d'artistes, autant dire que cela ne méritait pas la sienne, de considération. Or il l'avait parcimonieuse, voyez-vous. C'est déplacé, disait-il. Eh bien déplaçons, déplaçons-nous, prenons nos distances, épousons l'étranger, un Juif par-dessus le marché, alors qu'il aurait tant voulu me voir épouser le fils machin avec sa belle voiture qui venait faire sa cour. Son père était une relation d'affaires, Père voyait ça d'un bon œil, histoire d'arrondir le magot, coucou Balzac. Alors tu es partie avec ta petite valise et ton Juif errant, les cheveux au vent. Runaway girl. Avec tes yeux pour pleurer. Ces yeux qui sont les siens. *Plus bleu que le bleu de tes yeux, je ne vois rien de mieux*, chantait Piaf. Tu te la chantes pour te donner du courage. Et celle-là : liserons et pâquerettes, lalala, *mais la couleur que je préfère, c'est le bleu, le bleu des bleuets.* Et ça ralentit sur bleu-ets. Le voile de la madone. Tu as gardé ses yeux et son nom. Fin de l'histoire.

Se peut-il qu'il existe au fond de moi une explication à mes actes ? Trop tard. Plus la peine de chercher, comme jadis avec Lowenfeld. J'écoute mes cellules, voilà tout. Il me semble entendre les milliards de cellules et de bactéries qui s'agitent en moi. Quel vacarme. Tout un monde préhistorique. L'araignée aussi est préhistorique, vous voyez que nous avons des connivences. Et les terriers, les coquilles, les nids, constructions préhistoriques, architectures organiques. Toujours justes. Aux dimensions exactes de l'espace vital idéal de l'espèce qui l'occupe. Tout cela vaut pour la sculpture. Alors j'empile, je découpe, je tords, je façonne, j'excave, je taille, je modèle, je pétris, je tourne, je coule, je cisèle, je polis, j'égrène. Je suis ce que je fais et rien d'autre. Je fais, je défais, je refais. Faire surgir des pleins, ménager des vides. Retourner les choses comme on fait avec un gant ou la peau du lapin qu'on dépouille. J'entends encore le cri du chiffonnier passant de bon matin dans les rues de Choisy avec sa charrette branlante tirée par un vieux percheron, réformé de la cavalerie, qui laissait à chaque arrêt une petite montagne de crottin odorant. Même les percherons font de la sculpture, vous voyez. « Peaux d'lapins Peaux, ferraille à vendre », criait-il à la cantonade de sa voix éraillée. Tout le monde avait trois ou quatre lapins dans un clapier au fond du jardin en ce temps-là, même en ville. On n'allait pas se laisser surprendre par le siège comme en 70. Avec les peaux, on fourrait l'intérieur des pantoufles et on fabriquait des manteaux pour les enfants. Encore des vides chaleureux à remplir. Je fais des pleins et des vides, des nids, des terriers, des maisons, des chambres, des cellules. Je me regarde faire et je m'étonne. À quoi cela rime-t-il ?

Un vide rime avec un autre, c'est un fait. Qu'est-ce qui peut bien sortir d'un vide ? Un cri ! Est-ce que le cri remplit le vide ou est-ce que le vide se vide en criant ? Avec de vieux chiffons et quelques bribes de tapisseries issues des reliques de Choisy, j'ai confectionné une tête hurlante grandeur nature. Je l'ai plantée sur un pivot et mise dans une cage en treillis métallique. La bouche est d'un rouge intense, les yeux sont bleus, fixes, terrifiés. Avec de vieux chiffons, j'ai sculpté l'effroi. Vertu des orifices : évacuer. Ouvrir les vannes. Lâcher tout. Je pense au cri muet de Munch, je pense au cri muet des papes de Bacon, en cage eux aussi, au cri muet de la tête sur tige de Giacometti, encore un fabricant de cages, au cri de la nurse sur les marches d'Odessa dans *Potemkine*. Je me fais peur. Jusqu'à quelles extrémités faut-il aller pour que les signaux lancés à d'hypothétiques semblables soient entendus ? Il n'est pas raisonnable de gesticuler de la sorte, toujours à danser la gigue, la valse à l'envers, à mimer le drame, à rameuter les foules, à se faire remarquer. Quand je m'arrête et que je me regarde, quand l'hystérie retombe, je me sens un peu ridicule. Calme-toi, ma fille, n'en fais pas tant, mets-toi dans un coin et laisse venir, stratégie de l'araignée. Mais je suis ainsi faite, trop ou pas assez ; « Only too much is enough », disait Bacon quand ses amis tentaient de le dissuader de commander une autre bouteille à la fin d'un repas déjà trop arrosé. Enfin voilà, mes vides béent, mes pleins surgissent, ce sont des figures, des pièges, des manigances, chargées de vous attirer, comme ces fleurs carnivores au parfum entêtant qui séduisent les abeilles avant de se refermer sur elles. Je suis comme le chiffonnier, je recycle. Avec un vieux pull de laine trempé dans le plâtre et étiré, je fabrique des sculptures qui sont des autoportraits. Louise B. ferraille à vendre.

*

Or voilà ce qui se passe : tu ne te lèves plus. Voilà ce qui s'est passé : peu à peu des choses se sont arrêtées et d'autres ont commencé. Tu es entrée dans l'irréversible, voilà. Un jour tu as cessé de prendre l'avion et toutes les expositions, ici ou là, se sont passées sans toi. Tu t'es dit : Bien, qu'ils fassent cela sans moi, les sourires, les petits-fours, les bla-bla, les chichis. Tu dois te concentrer. Puis est venu le jour où tu as cessé d'aller à Brooklyn. Puis le jour où tu n'es plus sortie de la maison. Plus du tout. Et quand tu dis : Le jour où, il n'y a pas eu de jour où, il y a eu que tu ne sortais plus, c'est tout. Mais tout continuait. Félix le chat venait t'apporter les épreuves des gravures et tu les corrigeais. On avait installé une presse à essais au sous-sol. Jerry prenait des rendez-vous avec des visiteurs, à partir de cinq heures, c'étaient encore de vraies journées de travail. Mais marcher devenait chaque jour plus difficile. Plus question de monter l'escalier pour aller à la chambre à coucher. Ils t'ont installé un lit au rez-de-chaussée, dans cette petite pièce à l'entrée ou tu recevais la couturière. Or voilà ce qui s'est passé, ce lit, peu à peu, tu ne l'as plus quitté. C'est arrivé à petite Mère, cela t'arrive à toi. L'ordre des choses. Tu dors si mal, si peu, que parfois, à bout de forces, tu dors pendant trois jours. Tu entends tout ce qui se passe. Ils chuchotent. Ils disent : Elle dort. Tu les entends très bien, mais tu ne bronches pas. Ils disent : Laissons-la dormir, elle se repose. Tu les suspectes de te filer des cachets en douce pour avoir la paix, des somnifères. Quand on est au lit, qu'a-t-on de mieux à faire ? Mais la tête fonctionne, fait des bilans. Tu les vois s'affairer autour de toi. Tu ne dis rien. Tu revois des bouts de ta vie comme un film. Par moments, ça s'arrête, on dirait que le film est cassé. Cela arrivait dans le temps quand nous faisions des projections de films muets pour les enfants, Charlot,

Félix le chat, tiens le revoilà, celui-là. D'un seul coup on était dans le noir, l'appareil sentait le brûlé, il fallait rembobiner à la main, recoller les deux bouts. C'est pareil, le film est cassé de partout, les morceaux passent dans le désordre, c'est amusant, on dirait un roman d'avant-garde, tout est éclaté.

Voilà, tu es dans ce lit mais tu es un oiseau. Personne ne le sait mais tu es un oiseau. Si légère. Tu t'en vas quand tu veux, tu volettes au-dessus du lit, tu vas jusqu'à la fenêtre et tu reviens, pas trop loin pour qu'ils ne s'inquiètent pas. Exceptionnellement, un petit tour dans le jardin qui jouxte la cour de l'école. Les cris des enfants à la récréation. Tiens, c'est l'heure… Tu volettes en suivant leurs jeux, regarde comme ils sautent à pieds joints dans le ciel de la marelle… Un petit tour avec les enfants et retour au bercail. Mais un de ces jours, tu vas t'envoler pour de bon, voilà ce qui va se passer. On n'a plus besoin de toi ici-bas. Il fait nuit, le jour se lève, la nuit retombe, tout ce qui se lève retombe toujours, se relève toujours, retombe encore. Comme les pensées dans ta tête. Toutes ces têtes hurlantes, terrifiées, tu prenais plaisir à les faire, chaque fois plus sinistres, avec quelques vieux bouts de tissu. Eh bien voilà, cette fois l'effroi est là, pour de bon. Mieux vaut faire l'oiseau encore un peu. Maman, regarde : je vole.

*Chez d'autres éditeurs*

LE MIROIR, LES ALOUETTES
Seuil, 1969

L'ORIGINE DES LÉGENDES
Seuil, 1972

DISCOURS DE LA FATIGUE
Gravures de Camillle Bryen
Fata Morgana, 1972

CE QUI N'A PAS DE VISAGE
Flammarion, 1976

LE DOUBLE JEU DU TU
Avec Bernard Noël
Fata Morgana, 1977

L'ENVERS
Lithographies de Bram van Velde
Maeght, 1978

NŒUD
Gravures de Gérard Titus-Carmel
Orange Export Limited, 1978

L'Exhibitionnisme et sa pudeur
Gravures de Valerio Adami
Fata Morgana, 1980

Échéance
Flammarion, 1983

Fenêtre
Dessins de Paul Rotterdam
Éditions Unes, 1984

La Ligne
Aquarelles de Jean Michel Meurice
Orange Export Limited, 1984

Sensitive
Dessin de Jan Voss
Éditions Unes, 1985

Degottex
Éditions du Regard, I986

Rhétorique
Gravures de Gérard Titus-Carmel
Fata Morgana, 1987

Équation
Gravures d'Antoni Tapies
Galerie Lelong, 1987

DÉSISTEMENT
Les Matinaux, 1987

RÉPÉTITION
Dessin de Muriel Modr
Éditions Unes, 1988

UN TEMPS ÉVAPORÉ
Lithographies de Christian Sorg
Fata Morgana, 1988

THÉÂTRE
Dessins de James Brown
Éditions Unes, 1989

ÉCLIPSES
Gravures de Pierre Alechinsky
Fourbis, 1990

UN PROMENEUR
Gravures de Jean Paul Riopelle
Galerie Lelong, 1990

ANTONI TAPIES, LA SUBSTANCE
ET LES ACCIDENTS
Lithographies d'Antoni Tapies
Éditions Unes, 1991

SILHOUETTES
Dessins de Nicola De Maria
Éditions Unes, 1991

PROUSTIENNES
Gravures de Zao Wou Ki
Fata Morgana, 1991

ROBERT RYMAN, LE PARADOXE ABSOLU
Dessin de Robert Ryman
L'Échoppe, 1991

MARAIS
Éditions Unes, 1997

ÉCHIQUIER DU RÊVE
Dessins de Sean Scully
L'Échoppe, 1998

UNE RENCONTRE AU CARREFOUR
Peinture de Christian Sorg
Fol Mambo, 1998

BLESSURES NARCISSIQUES
Bois gravés de Jan Voss
Michel Nitabah, 1998

NICOLA DE MARIA
L'Échoppe, 2000

MORCEAUX
Pastel de Makhi Xenakis
L'Échoppe, 2001

Prélèvements
Collages de Pierre Buraglio
La Tour d'Avance, 2003

Les Mots des autres
Estampes de Makhi Xenakis
Michel Nitabah, 2006

Louise Bourgeois femme maison
L'Échoppe, 2008

Léonard, le duc et le prieur
Chandeigne, 2009

Samuel Beckett
dans ses petits souliers
Dessin de Sean Scully
L'Échoppe, 2009

Naissance
Dessins de Louise Bourgeois
Fata Morgana, 2010

Louise Bourgeois :
Moi, Eugénie Grandet
Gallimard, 2010

Michel Leiris face à lui-même
L'Échoppe, 2011

La Vie posthume de R.W.
Gravures de Jan Voss
Fata Morgana, 2012

Choses bues
Gravures de Jan Voss
Fata Morgana, 2014

L'Effet Wittgenstein
Dessins d'Etel Adnan
Fata Morgana, 2016

Achevé d'imprimer en novembre 2015
dans les ateliers de la Nouvelle Imprimerie Laballery
à Clamecy (Nièvre)
N° d'éditeur : 2477
N° d'édition : 293891
N° d'imprimeur : 511101
Dépôt légal : janvier 2016

*Imprimé en France*